CHR

GW00385581

LES ENQUÊTES
DE SETNA

* * *

LE VOLEUR D'ÂMES

ROMAN

XO
EDITIONS

Pocket, une marque d'Univers Poche,
est un éditeur qui s'engage pour la préservation
de son environnement et qui utilise du papier fabriqué
à partir de bois provenant de forêts gérées
de manière responsable.

© 2015, XO Éditions
ISBN : 978-2-266-26252-1

CHRISTIAN JACQ

Né à Paris en 1947, Christian Jacq découvre l'Égypte à treize ans à travers ses lectures, et se rend pour la première fois au pays des pharaons quelques années plus tard. L'Égypte et l'écriture prennent désormais toute la place dans sa vie. Après des études de philosophie et de lettres classiques, il s'oriente vers l'archéologie et l'égyptologie, et obtient un doctorat d'études égyptologiques en Sorbonne avec pour sujet de thèse « Le voyage dans l'autre monde selon l'Égypte ancienne ». Christian Jacq publie alors une vingtaine d'essais, dont *L'Égypte des grands pharaons* chez Perrin en 1981, couronné par l'Académie française. Il fut un temps collaborateur de France Culture, notamment pour l'émission « Les Chemins de la connaissance ». Parallèlement, il publie des romans historiques qui ont pour cadre l'Égypte antique ainsi que, sous pseudonyme, des romans policiers. Son premier succès, *Champollion l'Égyptien*, a suscité la passion des lecteurs en France comme à l'étranger, tout comme ses autres romans – *Le Juge d'Égypte*, *Ramsès*, *La Pierre de Lumière*, *Le Procès de la momie*, *Imhotep, l'inventeur de l'éternité*. Après sa trilogie *Et l'Égypte s'éveilla* (2011) et *Le Dernier Rêve de Cléopâtre* (2012), parus chez XO Éditions, il a publié *Néfertiti : l'ombre du Soleil* (2013), les quatre volets des *Enquêtes de Setna* (2014 et 2015), ainsi que *J'ai construit la grande pyramide* (2015) chez le même éditeur. Les ouvrages de Christian Jacq sont aujourd'hui traduits dans plus de trente langues.

LES ENQUÊTES DE SETNA

* * *

LE VOLEUR D'ÂMES

DU MÊME AUTEUR
CHEZ POCKET

LA REINE SOLEIL
L'AFFAIRE TOUTANKHAMON
BARRAGE SUR LE NIL
LE MOINE ET LE VÉNÉRABLE
LE PHARAON NOIR
TOUTÂNKHAMON
LE PROCÈS DE LA MOMIE
IMHOTEP, L'INVENTEUR DE
L'ÉTERNITÉ
LE DERNIER RÊVE DE CLÉOPÂTRE
NÉFERTITI

LE JUGE D'ÉGYPTE

LA PYRAMIDE ASSASSINÉE
LA LOI DU DÉSERT
LA JUSTICE DU VIZIR

RAMSÈS

LE FILS DE LA LUMIÈRE
LE TEMPLE DES MILLIONS D'ANNÉES
LA BATAILLE DE KADESH
LA DAME D'ABOU SIMBEL
SOUS L'ACACIA D'OCCIDENT

LA PIERRE DE LUMIÈRE

NÉFER LE SILENCIEUX
LA FEMME SAGE
PANEB L'ARDENT
LA PLACE DE VÉRITÉ

LA REINE LIBERTÉ

L'EMPIRE DES TÉNÈBRES
LA GUERRE DES COURONNES
L'ÉPÉE FLAMBOYANTE

LES MYSTÈRES D'OSIRIS

L'ARBRE DE VIE
LA CONSPIRATION DU MAL
LE CHEMIN DE FEU
LE GRAND SECRET

MOZART

LE GRAND MAGICIEN
LE FILS DE LA LUMIÈRE
LE FRÈRE DU FEU
L'AIMÉ D'ISIS

LA VENGEANCE DES DIEUX

CHASSE À L'HOMME
LA DIVINE ADORATRICE

ET L'ÉGYPTE S'ÉVEILLA

LA GUERRE DES CLANS
LE FEU DU SCORPION
L'ŒIL DU FAUCON

LES ENQUÊTES DE SETNA

LA TOMBE MAUDITE
LE LIVRE INTERDIT
LE VOLEUR D'ÂMES

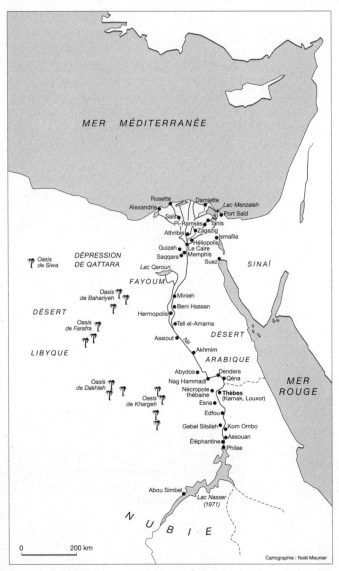

Carte de l'Égypte

Le prince Setna, présentant une offrande aux dieux.
(Tombe de Nefer-Hotep)

RÉSUMÉ
DES ÉPISODES PRÉCÉDENTS

1. *La Tombe maudite*
2. *Le Livre interdit*

Le trésor des trésors, le vase scellé d'Osiris contenant le secret de la vie et de la mort, était dissimulé à l'intérieur d'une tombe réputée inviolable. Il a pourtant été dérobé par un mage noir, le notable Kékou, promis à de hautes fonctions à la cour de Ramsès le Grand.

Fasciné par la puissance des ténèbres dont il veut instaurer le règne sur terre, Kékou désire transformer le vase en foyer d'énergie négative et en arme mortelle, à laquelle nul, même Pharaon, ne pourra s'opposer. Avec l'aide de terroristes syriens, il renversera le roi et prendra le pouvoir.

Mais Kékou a besoin des pouvoirs particuliers de sa fille Sékhet, une jeune médecin aux dons exceptionnels, afin de réussir la mutation maléfique du vase. Lorsqu'il lui révèle son rôle et son but, elle refuse de coopérer ; Kékou tente alors de la faire assassiner, tout en jouant les innocents ; grâce à son intendant, le Vieux, et à son chien Geb, Sékhet s'enfuit et se réfugie chez des paysans.

Parviendra-t-elle à transmettre le terrifiant secret dont elle est dépositaire à l'homme dont elle est tombée amoureuse, le prince Setna, l'un des fils de Ramsès, ritualiste et magicien ?

Sékhet sera l'unique femme de sa vie, et c'est fou d'inquiétude qu'il se rend à Pi-Ramsès, la capitale bâtie dans le Delta, pour obtenir des explications de la part de son père.

Ramsès révèle à Setna la gravité de la situation. Il a nommé le meilleur ami de son fils, Ched le Sauveur, à la tête d'un commando, chargé de retrouver le vase d'Osiris, d'identifier le voleur et de le neutraliser. Il est à la poursuite d'un Syrien, Kalash, chef d'une bande de tueurs.

De son maître, le Chauve, Setna avait reçu une mission : retrouver un document interdit, lui aussi dérobé, le *Livre des voleurs*, révélant l'emplacement des tombes contenant des trésors ; s'y ajoute maintenant la nécessité de pénétrer dans la tombe maudite pour y découvrir des indices.

Un adversaire se dresse sur la route de Setna : son propre frère aîné, le général Ramésou, amoureux de Sékhet, et décidé à l'épouser. La décision n'appartient qu'à la jeune femme, mais elle a disparu et personne ne sait où elle se trouve.

Face au chef de la police, Kékou joue les pères éplorés et accuse son intendant, le Vieux, en fuite, d'être le coupable et le kidnappeur.

Pendant que Ched le Sauveur et ses trois compagnons remontent la piste syrienne, au péril de leur vie, Sékhet se réfugie au temple de la déesse-Lionne, la patronne des médecins, sachant qu'elle risque d'être dénoncée. Ched et Setna se rejoignent et, cette fois, plus de secrets entre eux. Setna est pleinement associé à une mission vitale pour le pays.

Après avoir retrouvé le Vieux, Setna se rend auprès du grand sphinx de Guizeh, afin de solliciter son autorisation de pénétrer dans la tombe maudite. De cette redoutable exploration, pendant laquelle il lutte contre une ombre maléfique, il ressort avec une précieuse indication : l'ouvrage qu'il faut retrouver, c'est le *Livre de Thot*, dont les formules lui permettront de lutter contre les ténèbres.

Ne résistant pas à l'envie de retourner à son laboratoire pour y prendre papyrus médicaux et remèdes, Sékhet est surprise par son père qui, une nouvelle fois, tente de la convaincre de mettre ses pouvoirs à sa disposition. Le chien Geb l'aide à s'arracher à ses griffes.

À l'initiative du général Ramésou, un complot est démantelé dans la grande cité de Memphis, et le chef de la police, Sobek, qui enquête sur la mystérieuse disparition, traque les corrompus. Face à son frère aîné, Setna montre sa détermination ; Ramésou dirige l'armée, Setna part à la recherche du *Livre de Thot*, Ched le Sauveur surveille l'étrange Kékou. Et Ramésou est furieux de constater que le pharaon donne trop de responsabilités à Setna.

Alors que Ched et ses hommes échappent difficilement à un piège tendu par Kékou, toujours hors de cause, Setna se rend à Coptos[1]. Il réussit à extraire le *Livre de Thot* du fond des eaux du Nil.

Réfugiée chez une vieille guérisseuse qui complète son savoir, Sékhet voit Setna en grand danger. Et elle doit résister aux envoûtements de Kékou, qui visent à la faire revenir auprès de lui.

Soupçonnant Kékou, à la suite de divers incidents graves, Ched veut attaquer sa villa, gardée par une milice, mais le général Ramésou, qui croit à la parfaite honorabilité du notable, le lui interdit, et met son commando aux arrêts de rigueur.

En possession de l'inestimable *Livre de Thot*, Setna voyage vers Memphis. Mécontents, les dieux provoquent une tempête. Seule chance de survie, d'après les marins : jeter Setna dans un tourbillon, sous les yeux du Vieux, impuissant.

Pour venir en aide à Setna, Sékhet est initiée, dans le désert, aux mystères de sa redoutable protectrice, la déesse-Lionne. Une nouvelle force l'anime, pour combattre son père et rejoindre Setna.

C'est le Vieux qui apprend à la jeune femme la mort de Setna, en relatant la scène qu'il a vécue. Elle refuse l'évidence et part à sa recherche.

---

1. Ville de Haute-Égypte.

Un cône de parfum sur sa perruque, Sékhet manie le sistre qui dissipe les ondes négatives.
(Tombe de Nefer-Hotep.)

Setna refusait cette mort-là.

La tempête battait son plein, le bateau qui le ramenait à Coptos menaçait de sombrer, mais tenait encore bon.

Une vague furieuse avait balayé le pont, quatre marins s'étaient jetés sur le fils de Ramsès, dont la présence à bord était la cause de la colère du fleuve. Déjà, les mâts se brisaient et les voiles se déchiraient ; si le jeune scribe au regard profond et à l'allure solide n'était pas éliminé, tous périraient. En s'emparant du *Livre de Thot*, interdit aux humains, n'avait-il pas provoqué la fureur des dieux ?

Setna n'offrit qu'une brève résistance à ses agresseurs, des costauds surexcités ; deux lui bloquèrent les bras, deux autres le soulevèrent et le précipitèrent dans le Nil, aux violentes convulsions. D'une seule voix, le capitaine et son équipage déclareraient que le malheureux était tombé à l'eau. Vu les circonstances, impossible de le repêcher.

La tête du scribe ne réapparut pas, le bateau s'éloigna. Le fauteur de troubles disparu, le calme ne tarderait pas à revenir.

*

Englouti par les flots, Setna repoussa ce destin injuste ;
en un instant, il lui fallut réagir. Même un excellent
nageur n'aurait pu échapper à la noyade, et son unique
chance de survie était le *Livre de Thot*, soigneusement
attaché à sa poitrine grâce à une bande de lin fin.

En buvant un morceau de papyrus, couvert de paroles
de puissance et dissous dans la bière, le scribe avait
absorbé la science magique et, malgré la puissance du
courant et le déferlement des vagues, parvint à prononcer
la première formule de Thot servant à charmer le ciel, la
terre, les eaux et les montagnes. Les incantations résonnèrent au-delà des frontières du visible et provoquèrent
une vibration si intense que de multiples tourbillons se
formèrent. Avant de devenir leur proie, Setna reprit sa
respiration et prononça une deuxième fois la formule.

Autour de lui, un mur liquide ondula, et des rayons
de lumière percèrent les ténèbres des profondeurs ; de
la vase jaillit un soleil qui transforma le fleuve en une
gerbe de clartés.

La mort s'éloigna du scribe, l'eau lumineuse dessina
un étroit sentier menant à une butte immense servant
de digue au Nil céleste qu'empruntait, chaque jour et
chaque nuit, la barque du soleil.

Émergeant de cette éminence à l'abri du flot, apparut une femme d'une beauté extraordinaire. De longs
cheveux noirs dansant au vent, un visage allongé et
fin, des yeux d'un vert profond, un corps délié aux
courbes tentatrices... Loin de réserver un bon accueil
au rescapé, elle lui adressa un regard menaçant.

En tant que ritualiste du dieu Ptah, Setna avait appris les paroles de sacralisation de l'eau, servant à purifier les objets utilisés lors des célébrations ; y ajoutant des formules de puissance extraites du *Livre de Thot*, il tenta d'apaiser cette gardienne redoutable. En lui refusant le passage, elle le condamnait à périr.

— Salut à toi, protectrice de ce lieu ! Je suis venu pour implorer ta bienveillance ; laisse-moi approcher, permets-moi de boire l'eau que tu préserves et d'en acquérir la maîtrise, vénérons ensemble le génie de la crue qui fait pousser les plantes et croître les récoltes. Montre-toi favorable, accorde-moi une vie semblable à celle de la végétation !

La femme hésitait. Une esquisse de sourire prouva que les mots utilisés la satisfaisaient, et le paysage se modifia. La digue séparant l'au-delà du monde des mortels prit des dimensions gigantesques, adoptant l'allure d'une immense jarre au sommet de laquelle brillait le soleil du matin.

D'un geste, la femme invita Setna à pénétrer dans cette jarre.

— Je boirai son eau, promit-il ; grâce à elle, mon cœur et ma poitrine seront fortifiés, et je ne périrai pas noyé.

Le *Livre de Thot* restait fermement fixé, et le scribe n'avait pas perdu l'amulette offerte par le Chauve, son défunt professeur de la Maison de vie de Memphis, où il avait découvert la magie des signes hiéroglyphiques. À son cou, le lion émettait une énergie lumineuse lui donnant l'espoir d'échapper à cette prison aquatique.

Setna ne pouvait mourir ; il devait remplir la mission confiée par son père, le pharaon : retrouver le vase scellé d'Osiris qu'avait dérobé un mage noir, afin de s'arroger tous les pouvoirs et d'instaurer le règne du Mal.

La jarre semblait être l'unique chemin vers l'extérieur.

La butte de l'eau se rétrécissait, la vase s'agitait, le courant se renforçait. Sous le regard ironique de la femme, le scribe répondit à son invitation.

La jarre était remplie d'un liquide rougeâtre, épais, au goût de bière ; un rayon de soleil le traversait.

Atteindre le sommet ? Impossible ! Revenir en arrière, tenter de trouver un autre chemin ? Illusoire. Là-haut, trop haut sans doute, la sortie à la lumière.

La femme ne tarderait pas à éclater de rire.

Setna toucha le *Livre de Thot* et l'amulette en forme de lion. Rassemblant ses énergies, il s'élança, comme s'il était capable d'effectuer un bond le menant au goulot de la jarre.

La tentative insensée faillit réussir, il ne lui manqua qu'une main. Conscient de l'échec, le jeune homme, à bout de forces, allait s'écraser au fond de ce piège mortel.

Les mâchoires de l'amulette en forme de lion agrippèrent une aspérité du récipient, permettant à Setna de conserver son équilibre et de repérer une bosse qu'il empoigna. D'un coup de reins, il se hissa à la hauteur du goulot, cracha le liquide rouge qu'il avait absorbé, fut ébloui par le soleil et bascula dans le néant.

*

Un ciel bleu, les branches d'un palmier, un vent doux… Un paysage habituel, apaisant, ressemblant à celui de la terre des dieux qu'avait connue Setna pendant sa brève existence.

En refermant les yeux, il constata qu'il avait réussi

à les ouvrir ! Ses mains ne touchaient-elles pas un sol humide, n'était-il pas allongé sur la rive du fleuve ?

De nouveau, il contempla l'azur et tenta de se relever.

— Doucement, recommanda une voix féminine ; tu as échappé de peu à la noyade.

Setna découvrit la superbe brune de son cauchemar ; vêtue d'une courte tunique de paysanne, elle paraissait stupéfaite de le voir revenir à la vie.

— La tempête… La tempête est-elle terminée ?

— Je n'en avais pas connu de semblable ! avoua-t-elle. Les animaux hurlaient à la mort et cherchaient un refuge. Quand j'ai vu le bateau en perdition, j'étais persuadée qu'il sombrerait corps et biens. Et puis je t'ai aperçu, luttant contre les flots déchaînés, disparaissant, ressurgissant, disparaissant… Le bateau s'est éloigné, les vagues se sont espacées, la colère du fleuve s'est calmée, et ton corps a été déposé sur la rive. À l'évidence, tu étais mort ! Mais tu as vomi du liquide rougeâtre, tes membres ont bougé et tu as ouvert les yeux… Un véritable miracle ! Les dieux te protégeraient-ils ?

Endolori, les muscles tétanisés, Setna parvint cependant à se redresser. Ses assassins avaient échoué, il pouvait poursuivre sa mission.

— Y a-t-il d'autres rescapés ?

— Je te le répète, le bateau s'est éloigné à grande vitesse, et le Nil n'a pas rendu de cadavre.

— Comment t'appelles-tu ?

— Fleur.

— Aide-moi à me remettre debout.

La paysanne s'exécuta ; les jambes tremblantes, Setna réussit à faire quelques pas et s'adossa au tronc d'un palmier. Ainsi, en se débarrassant de lui, les marins avaient échappé à un cataclysme dont ils le jugeaient responsable.

Protégé des dieux, était-ce bien certain ? Au contraire, ne cherchaient-ils pas à le châtier pour s'être emparé du *Livre de Thot* ? Néanmoins, grâce à lui, il venait d'échapper au trépas.

Fleur lui sourit.

— Et toi, quel est ton nom ?

— Setna.

Fleur le contempla.

— Tu es beau, robuste et si calme après une telle épreuve ! Serais-tu de pierre ?

— Mon épuisement te prouve le contraire... M'accorderas-tu l'hospitalité ?

Fleur lui tendit la main.

Sortant d'un arbre planté au bord du bassin qui contient l'énergie primordiale, le bras d'une déesse offre de l'eau au juste, afin de le régénérer.

(*Livre de sortir au jour*, chapitre 63 A.)

2

Le bateau de Ramésou, fils aîné du roi et général en chef de l'armée égyptienne, accosta le quai principal du pont de Pi-Ramsès, la nouvelle capitale du pays, implantée dans le delta, en un lieu stratégique. À l'issue de la bataille de Kadesh, les Hittites[1] semblaient avoir renoncé à envahir la terre des pharaons ; mais la Syro-Palestine demeurait un protectorat fragile, et Ramésou n'avait aucune confiance en la parole des rudes guerriers d'Anatolie. Aussi désapprouvait-il la politique menée par la Grande Épouse royale Néfertari, misant sur la diplomatie et visant à établir une paix durable que le général jugeait irréaliste.

En cas d'attaque, les troupes casernées à Pi-Ramsès réagiraient très vite ; objets d'attentions constantes et dotées d'un excellent matériel, infanterie, charrerie et marine riposteraient de manière vigoureuse. Si le pharaon avait écouté son fils, voilà longtemps qu'il aurait lancé l'offensive afin d'écraser les Hittites et d'éradiquer ce péril latent.

Ramésou était un fidèle serviteur de l'État et de son chef

---

1. Les ancêtres des Turcs.

incontesté ; l'obéissance n'était-elle pas la première des vertus ? Et d'autres soucis, non moins graves, le taraudaient.

D'ordinaire, revoir Pi-Ramsès, nommée la « Cité de turquoise » en raison des tuiles vernissées bleu ornant quantité d'édifices, était un plaisir envoûtant. Comment résister au charme de cette capitale bâtie en quelques années et comptant déjà plusieurs grands temples, un vaste palais et de somptueuses villas entourées de luxuriants jardins ?

L'eau abondait : canaux desservant la ville, lacs, étangs poissonneux, bassins privés à l'ombre des arbres. La campagne environnante fournissait la nourriture, le port et le quartier des artisans ressemblaient à des ruches. Quant aux militaires, ils bénéficiaient de confortables casernes, et les chevaux, tant aimés de Ramsès, étaient bichonnés.

Ramésou répondit sèchement aux salutations de ses subordonnés qui lui amenaient son char ; respecté et admiré, le fils aîné du monarque était considéré comme son successeur naturel. Proche de ses hommes, il avait fait ses preuves sur le terrain, et nul ne doutait de ses capacités à garantir la sécurité de l'Égypte.

Accompagné d'une escorte, le général emprunta l'itinéraire le plus rapide menant au palais. Les habitants vaquaient à leurs multiples tâches, personne ne pressentait le péril qui menaçait de détruire cette cité prospère, confiante en son avenir.

Au pied de l'escalier monumental, conduisant à l'entrée du domaine réservé du pharaon, la garde rendit les honneurs au général, lequel avait pris soin de revêtir un costume d'apparat. À son poignet, un bracelet de cuivre gravé à son nom.

Des rangs sortit un scribe chétif, au teint pâle, que les soldats dominaient d'au moins deux têtes. Maigre, les mains longues et fines, le scribe Améni était le portesandales du monarque. Demeurant dans l'ombre, à la tête d'une vingtaine de techniciens dévoués et compétents, chargés de surveiller la bonne marche des affaires publiques, Améni était « les yeux et les oreilles du roi ». Quittant rarement son bureau où trônait un porte-pinceaux en bois doré, cadeau de Ramsès, il se conformait à la règle de vie des hauts dignitaires : connaître le bien, exercer une action heureuse, être endurant de cœur au sein des difficultés, appliquer efficacement les décisions du roi, utiliser une juste parole et savoir garder le silence. Les sages n'affirmaient-ils pas : « Grand est le grand dont les Grands sont grands, vénérable est le souverain riche en Grands, seule la justesse lui convient ? »

Passant inaperçu, Améni était un redoutable prédateur : il traquait les menteurs, les truqueurs et les incapables. Fervent admirateur de Ramsès, il filtrait les admissions à la cour ; ne devaient y figurer que des Grands, aptes à conforter le règne et le bonheur du pays.

Ramésou ne traitait pas ce petit scribe par le mépris ; constatant les résultats obtenus, il lui vouait même un certain respect. Maîtriser l'administration exigeait un réel talent, et le souverain ne s'était pas trompé en choisissant cet ami d'enfance, rigoureux et incorruptible.

Améni s'inclina.

— Heureux de vous accueillir, général.

— Je souhaite voir mon père d'urgence.

— D'ici peu, il se présentera à la fenêtre d'apparition ; en vous pressant, vous entendrez sa déclaration.

Ramésou suivit Améni, au pas alerte. Longeant le palais, ils atteignirent la cour d'honneur où étaient rassemblés les dignitaires, impatients d'apprendre la décision du monarque. Tous fixaient un balcon que précédaient quatre colonnettes en forme de papyrus, surmontées d'un disque solaire ailé. On s'écarta pour laisser passer Ramésou qui s'immobilisa au premier rang, en compagnie des ministres ; Améni, lui, resta en retrait.

Exceptionnel, l'événement annonçait un tournant du règne. Ramsès ordonnerait-il une attaque massive contre les Hittites ? Plein d'espoir, le général déchanta en voyant apparaître Néfertari aux côtés du pharaon. Sa présence ne plaidait pas en faveur d'une guerre pourtant nécessaire.

Une fois encore, la beauté de la reine subjugua l'assistance, Ramésou compris. Port de tête inégalable, élégance incomparable, délicatesse des traits, et surtout, une force de conviction habitant l'attitude et le regard. Sans jamais hausser le ton, Néfertari occupait une fonction essentielle au sommet de l'État.

Un silence total s'établit.

Et la voix de Ramsès s'éleva.

— En terrassant les Hittites à Kadesh, nous avons jugulé leur désir de conquête. Ils savent que nos corps d'armée, placés sous le commandement de mon fils Ramésou, les tailleraient en pièces s'ils osaient agresser notre protectorat de Syro-Palestine. Grâce aux efforts ininterrompus de la Grande Épouse royale, notre ancien ennemi a compris qu'il lui fallait construire avec nous une paix durable. Les négociations seront longues, mais le but sera atteint.

Des acclamations saluèrent la déclaration du monarque ; contraint de se mêler à la liesse, Ramésou était effondré. Ainsi, son père cédait à la magie de Néfertari et oubliait la véritable nature des Hittites, un peuple belliqueux dont la seule loi était celle des armes !

Et le général n'était pas au bout de ses surprises.

Les clameurs retombées, le pharaon reprit la parole.

— Depuis les lointaines origines de notre civilisation, c'est un couple royal qui assure sa stabilité et sa prospérité. Aussi ai-je décidé de le célébrer en bâtissant deux temples qui glorifieront sa fonction créatrice, l'un dédié au roi, l'autre à la Grande Épouse. Un site exceptionnel a été choisi : celui d'Abou Simbel, en Nubie. À présent pacifiée, cette région mérite de connaître, à son tour, la paix et l'abondance. Dès demain, des équipes d'artisans partiront pour le Grand Sud et commenceront les travaux. Lorsque l'œuvre sera accomplie, la puissance du couple royal sera décuplée et nous protégera de l'adversité.

Ramsès et Néfertari se retirèrent. Cette décision-là, Ramésou en percevait l'importance et la pertinence ; étant donné la gravité de la situation, le souverain forgeait une nouvelle arme magique. Mais aurait-il le temps de l'utiliser ?

Le général n'entendit que des commentaires élogieux ; Pharaon n'était-il pas le rempart contre le malheur, la digue contre l'infortune, la vaste demeure accueillant le peuple entier et le protégeant des froidures comme des chaleurs, ne provoquait-il pas la crue, ne faisait-il pas verdoyer les Deux Terres ? Prédestiné, élu par les divinités, Ramsès était aimé de ses sujets, et cet amour-là était indispensable au plein exercice du pouvoir. Sans lui, le roi, soumis à la loi de Maât, déesse de la rectitude, de la vérité et de la justice, n'aurait été qu'un despote aux actions creuses.

Et c'était l'ensemble de cet édifice, construit depuis la première dynastie, qui menaçait de s'écrouler.

Les principaux dignitaires étaient conviés à un banquet au cours duquel le maître d'œuvre, chargé de bâtir les deux temples d'Abou Simbel, révélerait les plans du couple royal ; Ramésou avait d'autres préoccupations. Il chercha Améni, accablé de solliciteurs qu'il éconduisait avec courtoisie et fermeté.

Le général interpella le scribe.

— Quand pourrai-je voir… Sa Majesté en privé ?

— Pas avant la cinquième heure de la nuit ; son emploi du temps est surchargé.

Améni ne mentait pas, Ramésou devait patienter.

Tout à la joie de son projet grandiose, le souverain n'imaginait pas les effroyables nouvelles que lui apportait son fils aîné.

Deux donzelles, filles de riches familles, s'approchèrent du séduisant général et le couvrirent d'œillades enamourées en le félicitant pour sa prestance. N'ayant pas le cœur à la fête, Ramésou s'en débarrassa de façon brutale ; il n'avait en tête qu'une préoccupation immédiate : comment présenter les faits à son père ?

Le scribe porte des papyrus et l'étui contenant la Règle,
formulée par les sages.
(D'après Champollion.)

28

Le pharaon et la Grande Épouse royale se présentent à la fenêtre d'apparition du palais, jouxtant le temple, afin de remercier et de féliciter leurs fidèles serviteurs.
(Tombe de Nefer-Hotep.)

3

— Nous devons prendre des précautions, annonça Fleur ; j'habite un lieu hanté que fréquentent des mauvais génies. J'ai l'habitude de les repousser, pas toi.

La superbe jeune femme s'approcha d'un arbre mort. Elle cassa une branche à l'extrémité fourchue et la remit à Setna.

— Tiens fermement ce bâton, il effraiera d'éventuels agresseurs.

Du sol meuble, elle sortit un pot rempli de braises fumantes.

— Je vais le poser sur ta tête. Rassure-toi, il ne te brûlera pas, et sa fumée écartera les prédateurs. Suis-moi et, surtout, mets tes pas dans les miens. Un écart pourrait t'être fatal.

Setna aurait dû s'enfuir, mais ses jambes tremblaient encore et cette femme à la voix suave le fascinait.

Elle adopta une allure paisible, permettant au rescapé de contrôler sa progression. Le scribe serrait le bâton, et le pot rempli de braises gardait son équilibre de lui-même, sans provoquer la moindre douleur. Sa fumée avait l'odeur d'une viande rôtie.

Des créatures invisibles frôlèrent Setna, dont les

forces déclinaient ; il était loin d'avoir recouvré son énergie habituelle et craignait que le trajet ne fût trop long. Fleur se dirigeait vers une forêt de papyrus qui paraissait infranchissable. Écartant deux hautes tiges, elle dégagea un étroit chemin. Des dizaines d'oiseaux s'envolèrent, des serpents s'écartèrent.

Harassé, le scribe ne se préoccupait pas des multiples dangers ; il ne songeait qu'à s'allonger et à dormir, et chaque pas l'épuisait davantage.

— Nous arrivons, précisa Fleur.

Les yeux mi-clos, Setna mobilisa ses ultimes ressources.

Au milieu de la forêt, une étrange cabane ne ressemblant à rien de connu. Elle avait la forme d'une jarre percée d'une sorte de fenêtre, proche de son sommet ; une porte étroite y donnait accès.

Fleur ôta le pot de braises et le plaça sur le seuil après que Setna, lâchant son bâton, l'eut franchi. À la vue d'une natte, il s'écroula et sombra dans un profond sommeil.

*

Quand Setna s'était emparé de l'inaccessible *Livre de Thot*, le monde des dieux avait été ébranlé ; qu'un mortel parvînt à dérober les écrits du maître des paroles créatrices provoquait un trouble aux conséquences inquiétantes. Certes, l'Égypte était exposée aux menaces d'un sorcier qui tentait d'utiliser le vase scellé d'Osiris comme la pire des armes de destruction, mais le fils cadet de Ramsès n'avait-il pas commis une profanation ?

Thot en personne avait décidé de l'éprouver en

réveillant une démone, Fleur, condamnée à errer dans les ténèbres. Nourrie du feu souterrain, s'abreuvant de roches en fusion, elle n'était plus réapparue depuis la guerre des clans, sanglant prélude à la naissance de la civilisation pharaonique, qu'avait concrétisée la première dynastie[1]. Chargée de nourrir le gigantesque serpent des profondeurs, l'ennemi de la barque du soleil, Fleur avait été libérée pour revêtir une forme humaine, celle d'une femme à l'irrésistible séduction.

Fleur contemplait Setna endormi et le trouvait beau. D'autres génies s'occupant du serpent, elle comptait profiter de ce séjour terrestre en le prolongeant au maximum. Exploiter les mâles, leur arracher du plaisir, les faire souffrir, assécher leurs âmes... Quelles magnifiques perspectives !

Tuer celui-là, épuisé, aurait été un jeu d'enfant, sans le moindre intérêt. Puisqu'il était sa proie, elle voulait tout savoir de lui, feindrait de l'aider à atteindre son but, renforcerait ses espoirs, se montrerait une compagne décisive afin de mieux l'attirer au bord du gouffre et de l'y précipiter quand elle le déciderait.

Un seul souhait : qu'il oppose une résistance digne de ce nom. Les adversaires faibles ennuyaient Fleur ; forcément victorieuse, elle appréciait néanmoins les rudes combats comme ceux qu'avait menés Scorpion, son amant maudit. Ce Setna aurait dû périr noyé, il avait échappé aux tourbillons du fleuve, à la digue de l'invisible, traversé la jarre des métamorphoses et regagné la lumière du soleil : de réels exploits témoignant d'une rare bravoure et de capacités exceptionnelles !

---

1. *Cf.* Christian Jacq, *Et l'Égypte s'éveilla*, XO Éditions ; Pocket, 2012, 3 tomes.

Fleur le forcerait à outrepasser ses limites, en lui offrant la certitude d'un triomphe illusoire. Fou d'amour, Setna comprendrait trop tard son erreur ; et le rire de la démone déchirerait les cieux !

*

En se réveillant, Setna découvrit des murs de paille sur lesquels couraient des lézards. Un panier en joncs et une seconde natte servaient de mobilier. Comment une aussi jolie femme pouvait-elle vivre ici ? Très soignés, ses mains et ses pieds n'étaient pas ceux d'une paysanne se livrant à de rudes travaux.

Le soleil passait par la fenêtre haute, rendant le logis moins sinistre. Le scribe s'étira, heureux de se sentir vigoureux. Son accablante lassitude s'était dissipée, l'énergie circulait à nouveau.

Et il avait faim.

Sortant de ce curieux abri, il se heurta au fouillis végétal. Une véritable prison, animée de bruissements inquiétants. Fleur s'était-elle enfuie, l'avait-elle abandonné ? Déconfit, le scribe chercha une issue. En écartant une lourde tige, il aperçut un sentier tracé à travers cette forêt. Un moment d'hésitation, puis il s'engagea.

Le terrain devint pentu, le sol humide ; au-dessus de lui, des cormorans et un ibis noir. Le chemin conduisait au fleuve, le scribe se hâta afin d'étancher sa soif. En parvenant à la rive, il la vit.

Nue, Fleur s'aspergeait d'eau en chantonnant.

Sa beauté aurait séduit le plus ascétique des ritualistes. À la perfection des formes s'ajoutait la souplesse des gestes, presque irréels ; chaque attitude était un envoûtement. Le scribe se détourna.

— Approche, exigea Fleur, je t'ai préparé à manger.
Setna resta immobile.

— Aurais-tu peur de moi ?

— Tu es...

— Je suis nue, cela t'importune-t-il ?

— Non, mais...

Fleur sortit de l'eau, passa une tunique courte et présenta à son hôte un bol en terre contenant des pousses de roseau sucrées.

— Cette nourriture toute simple te redonnera des forces. Tu as dormi deux jours et deux nuits, et beaucoup parlé en rêvant.

— Qu'ai-je dit ?

— Des propos incompréhensibles... Tu paraissais souffrir.

— L'épreuve de la noyade a été terrifiante ! J'ai cru périr.

— Tu es bien vivant, c'est l'essentiel !

Setna avala le modeste plat et but l'eau du Nil à grandes gorgées.

Fleur l'observait.

— Tu portes une amulette en forme de lion... Une puissante protection, semble-t-il.

— En effet.

— Et cette bande de lin, si serrée autour de ta poitrine... À quoi sert-elle ?

— Une seconde protection.

— Qui t'a offert l'amulette ?

— Pardonne-moi, je...

— Serais-je trop curieuse ? Ah, je comprends ! Tu te méfies de moi.

— Ma reconnaissance t'est acquise, Fleur, et...

Elle lui tourna le dos.

— Tu me méprises parce que je n'appartiens pas à ta caste, moi, une simple paysanne.

— C'est faux. Et tu n'es pas une simple paysanne.

Fleur changea de posture.

— Tu es très observateur.

— Pourquoi ne pas dire la vérité ?

— Toi, es-tu prêt à la révéler ?

— Impossible.

Elle s'approcha, mutine.

— Quel épais mystère ! Serais-tu un criminel en fuite ?

— Sois rassurée, ce n'est pas le cas.

— Alors, tu es porteur d'un lourd secret.

— Et toi, Fleur ?

— Tu me surestimes…

Elle ne regrettait pas d'avoir épargné ce jeune homme ; avant de le supprimer, elle percerait ses défenses et déchiffrerait sa pensée.

4

Le palais de Ramsès émerveillait ses hôtes d'un soir, le gouverneur de Syro-Palestine et les maires de la région, chargés d'alerter le roi en cas de menace hittite. Néfertari avait tenu à organiser un banquet en leur honneur, et cette marque de reconnaissance renforçait leur allégeance au pharaon. Ils admiraient les vastes salles de réception scintillant de carreaux vernissés aux couleurs chaudes, les encadrements de portes ornés des noms du monarque tracés en grands hiéroglyphes blancs sur bleu et bleus sur blanc, les peintures murales représentant des oiseaux et des plantes. À cette féérie s'ajoutait la qualité des mets et des vins ; illuminée par la beauté de Néfertari, dont les paroles traduisaient la ferme volonté de bâtir une paix durable avec les Hittites, cette soirée serait inoubliable.

Ramésou, lui, rongeait son frein ; comment pouvait-on céder à pareille illusion ? Heureusement, les membres des services secrets implantés en Palestine se montraient vigilants et surveillaient de près le moindre mouvement des troupes hittites en cours de reconstitution, après l'échec de Kadesh où elles avaient failli obtenir une écrasante victoire. Sans l'intervention de son père céleste, le dieu Amon, qui n'avait pas abandonné son fils, et le courage de son lion fidèle, Massacreur, Ramsès aurait été vaincu et tué.

Plusieurs jeunes filles ne cessaient d'observer le général célibataire ; puisqu'il n'avait pas encore choisi une épouse, chacune nourrissait l'espoir de le séduire. La prestance et l'allure virile de Ramésou causaient des ravages, et nombre de beautés rêvaient d'attirer son attention.

Au terme du banquet, Néfertari invita les invités à goûter la fraîcheur du jardin royal en dégustant des pâtisseries accompagnées d'un vin blanc liquoreux ; espérant s'approcher de Ramésou, les prétendantes furent déçues.

Le général avait disparu, de même que le monarque.

*

Ramsès avait choisi d'occuper le bureau de Séthi, son prédécesseur, son père et son maître spirituel. Conscient de la tâche immense qu'il avait accomplie, le pharaon lui rendait chaque jour hommage, et sa statue aux traits sévères lui rappelait la gravité de la fonction.

Gouverner impliquait de suivre quotidiennement le chemin de Maât, la voie droite de la rectitude, en donnant une bonne direction ; à la barre du navire de l'État, Pharaon devait mettre en œuvre les énergies créatrices afin de maintenir les liens vitaux entre le ciel et la terre.

Des liens qu'un mage noir avait décidé de rompre en se donnant les moyens de réussir.

Des murs blancs sans décor, une grande table, un fauteuil à dossier droit pour le monarque, des chaises paillées pour les visiteurs, une armoire à papyrus, une carte du Proche-Orient : le bureau où Ramsès aimait se recueillir et préparer ses décisions avait un aspect austère qui frappait les rares personnes admises en ces lieux.

— Je t'écoute, mon fils.

Tout en affirmant ses opinions, Ramésou considérait son père comme le chef suprême et ne manquerait jamais de lui obéir, même en cas de désaccord. La vision du roi était différente de celles des autres humains, l'oublier conduisait au chaos. Au maître des Deux Terres de rester inébranlable face aux épreuves et d'incarner la stabilité dont la population avait besoin ; mais, cette fois, Ramsès y parviendrait-il ?

Le général n'était pas un bon orateur et, malgré des heures de réflexion, hésitait encore sur la manière d'ordonner son discours.

— Majesté, nous avons échoué.

Cet aveu direct ferait comprendre au souverain l'ampleur du désastre ; le pire restait pourtant à venir.

— Les raisons de cet insuccès ? demanda Ramsès, imperturbable.

— La méthode utilisée. Comme je le redoutais, Ched le Sauveur et son commando manquaient d'expérience. Ils ont été manipulés, piégés, et n'ont dû leur survie qu'à la chance. Ils n'ont arrêté ni le mage noir ni son complice syrien, Kalash, et n'ont pas retrouvé l'endroit où le vase d'Osiris a été dissimulé. Échec total, je le déplore ; c'est pourquoi j'ai placé les quatre hommes aux arrêts de rigueur, à la caserne de Memphis. Nous éviterons ainsi leurs interventions intempestives.

Le roi ne formula pas d'objection, Ramésou respira mieux.

— Ton frère Setna est-il en possession du *Livre de Thot* ?

La gorge sèche, le général n'émit qu'un bredouillement.

— Setna aurait-il échoué lui aussi ?

— Majesté, ce n'est pas facile…

Ramsès fixa son fils aîné.

— Te voilà confus ! Ton frère a-t-il atteint Coptos ?

— Oui, Majesté, il a découvert l'emplacement du *Livre de Thot*, au milieu du fleuve.

— Bel exploit ! Cette arme nous est indispensable pour combattre le seigneur des ténèbres.

Ramésou baissa les yeux.

— Serais-tu jaloux du succès de ton frère ?

— La tristesse me serre le cœur, murmura le général. Setna…

Le visage du roi se figea.

— Setna… Setna est mort, révéla Ramésou.

Un lourd et long silence succéda à cette déclaration.

— Où se trouve son corps ? interrogea le monarque.

— Pendant le voyage de retour, une violente tempête s'est déclarée ; jamais les marins n'en avaient affronté de semblable. Tourbillons, vagues énormes, vent déchaîné… Thot lui-même ne s'attaquait-il pas à l'audacieux qui avait dérobé un écrit interdit aux humains ? L'équipage lutta vaillamment, la situation ne cessa de s'aggraver, les mâts se brisèrent, les voiles se déchirèrent… Une vague gigantesque emporta Setna, sous le regard affolé du capitaine. Impossible de lui porter secours. À la suite de sa disparition, le cataclysme s'apaisa et, malgré les dégâts, le bateau ne sombra pas. Le calme revenu, des nageurs tentèrent de récupérer le cadavre de mon malheureux frère. Peine perdue.

Brisé, le général était au bord des larmes ; quels que fussent ses différends avec son cadet, il ressentait sa disparition comme une tragédie.

— Le capitaine a-t-il vu Setna se noyer ?

— Lui et plusieurs membres d'équipage, Majesté ; leurs témoignages sont formels. Le meilleur des nageurs ne pouvait échapper aux flots en furie. De longues recherches n'ont pas permis de retrouver Setna.

En s'appuyant à une balustrade, le roi contempla sa capitale. En cette douce nuit, elle lui semblait bien terne.

— Je te charge d'organiser des funérailles à Memphis, la cité que Setna aimait tant. Son sarcophage, vide, sera inhumé dans la plus ancienne partie de la nécropole.

— Je propose de rendre un culte à mon frère, ajouta Ramésou ; en accueillant son âme, le grand fleuve ne l'a-t-il pas proclamé saint ?

Le souverain approuva.

— Tu conduiras la cérémonie et nommeras les prêtres affectés à ce service. Cet effroyable événement ne doit pas nous affaiblir ; comment envisages-tu la poursuite de notre combat ?

— Des soupçons pèsent sur le notable Kékou, superviseur des greniers de Memphis et votre futur ministre de l'Économie, reconnut le général, mais je ne dispose d'aucune preuve indiscutable. Le seul coupable certain est un marchand syrien, Kalash, qui a manié la magie noire pour supprimer nos enquêteurs, Ched et ses trois compagnons, auxquels il a échappé grâce à diverses complicités. Cette piste-là me paraît très sûre ; il nous faut arrêter ce Kalash et lui faire avouer l'endroit où il a caché le vase scellé d'Osiris, qu'il désire transformer en arme mortelle.

— Ta méthode ?

— Kalash est à la tête d'un réseau de Syriens, notamment des dockers ; je propose une intervention massive de l'armée et de la police afin de l'éradiquer. Soit nous aurons la chance de prendre Kalash dans nos filets, soit l'un de ses hommes nous fournira les renseignements indispensables à sa capture.

Ramsès acquiesça.

— Sékhet demeure-t-elle introuvable ?

— Malheureusement oui, Majesté ; peut-être ce Kalash la séquestre-t-il.

Setna et Ramésou étaient amoureux de cette même jeune femme, la fille de Kékou, disparue en de mystérieuses circonstances ; la mort de Setna laissait le champ libre au général, fermement décidé à épouser Sékhet.

— Agis, mon fils, ordonna le pharaon.

Exalté à l'idée de terrasser enfin un adversaire insaisissable, le général se retira.

Ramsès s'empara de la baguette de sourcier qu'avait utilisée son père Séthi et posa une question à l'invisible.

La réponse de la baguette fut sans ambiguïté : Setna n'était pas mort.

Un dignitaire étranger à la cour de Ramsès.
(D'après Champollion.)

Le pharaon accomplit l'offrande fondamentale, celle de Maât, la règle d'harmonie de l'univers, symbolisée par une femme assise que couronne la rectrice, la plume qui permet aux oiseaux de s'orienter ; Maât détient le signe *ânkh*, « la vie ».
(D'après Champollion.)

5

Fleur emprunta le sentier qui, à travers les roseaux, menait à son étrange cabane. Setna la suivit. Peut-être aurait-il dû prendre la fuite, mais comment sortir de cette forêt ? Et puis il avait envie de percer les secrets de cette femme mystérieuse.

Le trajet fut parcouru à vive allure ; sur le seuil, Fleur se retourna.

— Attends-moi.

L'endroit demeurait inquiétant ; divers prédateurs circulaient au sein du fouillis végétal, des cris se mêlaient aux chants d'oiseaux. Un serpent rouge et vert, d'une taille impressionnante, longea la cabane.

Le scribe découvrait la sauvagerie de la nature livrée à elle-même, loin des jardins soignés des grandes villas de Memphis. Ici, la mort pouvait frapper à tout instant.

La porte s'ouvrit.

Setna peina à reconnaître la femme qui apparut.

Coiffée d'une perruque surmontée d'un diadème, vêtue d'une longue robe grenat à bretelles laissant les seins apparents, chaussée de sandales de luxe, elle portait un collier d'améthystes et des bracelets de cuivre, étincelant au soleil.

À la cour de Pi-Ramsès, elle aurait attiré tous les regards.

— Tu contemples mes trésors, révéla-t-elle d'une voix suave.

Subjugué, Setna se demandait s'il ne rêvait pas éveillé.

— Crois-tu que j'ai volé ces parures ?

— Si tu appartiens à une famille aisée, pourquoi te caches-tu ?

— J'ai été victime des assauts insupportables d'un haut dignitaire de Memphis, confessa Fleur ; à la mort de ma mère, veuve depuis longtemps, je n'avais qu'une solution : disparaître. Sinon, grâce à sa fortune et à ses relations, il m'aurait contrainte à l'épouser. Enfant, j'aimais jouer au bord du Nil et me cacher dans les roseaux ; les reptiles ne m'effraient pas, je sais parler aux animaux dangereux. Ici, je suis en sécurité.

— Le nom de ce notable ?

Fleur hésita.

— Je préfère l'oublier.

— C'est important, insista le scribe.

— Aurais-tu envie de le châtier ?

— Pourquoi pas ?

La jeune femme éclata de rire.

— Aucune chance ! Il t'écraserait du talon.

— Et si c'était l'inverse ?

Fleur considéra Setna d'un œil nouveau.

— Serais-tu vaniteux ?

— On m'a appris que ce travers-là était mortel, surtout pour un scribe.

— Ainsi, tu es scribe !

— Et ritualiste du temple de Ptah.

— Tu veux dire, initié à ses mystères ?

— À certains d'entre eux.

— Si jeune... Tu possèdes des dons exceptionnels ! Et toi, quelle est ta famille ?

Setna était incapable de mentir.

— Je suis le fils cadet de Ramsès et d'Iset la Belle.

Abasourdie, Fleur s'inclina.

— Un prince de sang royal... Je te dois le respect !

— Au cœur de ton domaine, je suis perdu ; c'est à moi de m'incliner en sollicitant ton aide.

Elle sourit.

— Ne me cache rien, et je serai ton alliée.

— Je pose une condition : donne-moi le nom du notable qui te harcelait.

— J'aurais tant aimé l'oublier !

— Quand le Mal reste impuni, il étend son règne.

Fleur posa les mains sur ses yeux ; en proie à une intense souffrance, elle luttait contre elle-même.

— Il s'appelle Kékou.

Le nom que Setna redoutait d'entendre.

Kékou...

— Le connais-tu ?

— Il est le père de ma fiancée.

— Une fiancée... Ainsi, tu es amoureux !

— Nous avions décidé de nous marier, elle a disparu ; et je soupçonne son père d'être responsable de son enlèvement.

— Un père coupable d'un tel crime ! Ne divagues-tu pas ?

Setna s'assit, Fleur l'imita.

— Puisque tu as subi les agressions de Kékou au point de t'enfuir, comment douterais-tu de sa noirceur ?

La jeune femme parut accablée.

— Le destin nous réunit contre ce monstre… A-t-il provoqué le naufrage de ton bateau ?

— L'équipage était probablement à sa solde ; des marins m'ont jeté par-dessus bord, persuadés que je n'échapperais pas à la noyade.

— Pourquoi te supprimer ?

Setna regarda au loin.

— Je t'ai tout dit, rappela Fleur, tu dois tout me dire.

Qu'avait-il à craindre d'une victime de Kékou ? Cette alliée l'aiderait à combattre le mage noir.

— Le roi m'a confié une mission, j'espérais découvrir l'emplacement du *Livre de Thot*.

— N'est-il pas inaccessible aux humains ?

— Il se trouvait au milieu du fleuve, à l'intérieur d'un coffret d'or que contenaient d'autres coffrets. Un serpent les protégeait.

— Et… Tu l'as vaincu ?

— Je n'avais pas le choix : remplir ma mission ou disparaître.

Fleur se rapprocha de Setna.

— La bande de lin qui couvre ta poitrine… Dissimule-t-elle le *Livre de Thot* ?

— Il est désormais mon bien le plus précieux ; ses formules me permettront de contrecarrer les pouvoirs de Kékou.

Fleur se rapprocha davantage.

— Ne serait-il pas coupable d'autres méfaits, d'une rare gravité ?

Setna n'aurait pas dû répondre à cette question, mais la douceur de la jeune femme effrita ses défenses.

— Sans doute a-t-il commis un crime en dérobant un objet de grande valeur.

— Un simple objet ? s'étonna la jeune femme ; ne serait-ce pas plutôt un trésor appartenant aux dieux, qu'il compte utiliser contre Pharaon ?

La perspicacité de Fleur stupéfia Setna.

— Lorsque j'étais adolescente, révéla-t-elle, mon père m'a parlé de la suprême richesse de l'Égypte, le vase scellé d'Osiris que les ancêtres façonnèrent à la naissance de la première des dynasties et dont personne, à l'exception des rois, ne connaît la cachette.

— Comment ton père avait-il appris l'existence du vase ?

— En participant aux mystères d'Osiris, à Abydos, où il travaillait à la construction de la barque divine. Selon un vieux prêtre, ce reliquaire contenait le secret de la vie et de la mort. S'il tombait entre les mains d'un homme des ténèbres, il pourrait devenir une arme terrifiante ; c'est pourquoi il avait été mis à l'abri, au fond d'un tombeau inviolable, bardé de protections magiques.

Le scribe ne dissimulait pas son étonnement.

— Tu recherches ce vase scellé, n'est-il pas vrai ?

Le mutisme de Setna servit de réponse.

— Je peux t'aider, affirma Fleur.

— De quelle manière ?

— Une confidence de mon père, à jamais gravée dans ma mémoire, te permettra peut-être de retrouver ce trésor si dangereux.

— Fleur...

— Aie confiance et laisse-moi te seconder.

La démone s'amusait comme une folle, heureuse de manipuler sa future victime avant de lui porter le coup fatal ; profiter au maximum de ce séjour terrestre lui procurait un vif plaisir. Mais elle entrevoyait à présent une perspective inattendue : en s'emparant du *Livre de Thot* et du vase scellé d'Osiris, ne disposerait-elle pas d'immenses pouvoirs, susceptibles de briser la malédiction des dieux ?

La mission de la créature, esclave du feu infernal, changeait d'âme. Après s'être servi de Setna, elle le tuerait et recouvrerait sa liberté.

6

Chef de la police de Memphis, géant à la puissance physique dissuasive, Sobek avait des motifs de
se réjouir et de s'inquiéter.

Côté réjouissance, la nomination du nouveau maire
était un joli coup de chance. Son prédécesseur, un
corrompu assassiné par un membre de son gang, som-
brait déjà dans l'oubli ; issu du même village que le
nouvel édile, Sobek bénéficiait de son amitié et de
sa confiance. Aussi jouirait-il bientôt d'une promotion méritée, lors d'un banquet où ses mérites seraient
reconnus ; si la loi et l'ordre régnaient à Memphis,
capitale économique du pays, ne le devait-on pas à
Sobek ?

Côté inquiétude, de quoi se gratter la vieille et
profonde cicatrice sur la joue gauche ! Certes, la
tragique disparition d'un notable pourri ne remettait
pas en cause la probité et l'efficacité de Sobek, et le
meurtre récent d'un vieil archiviste était, à l'évidence,
l'œuvre d'un voleur pris de panique. Pas de motif de
mécontentement pour la population ; en revanche, l'enlèvement de la fille de Kékou, superviseur des greniers
et futur ministre de l'Économie, était un véritable sujet

de préoccupation. Et cette affaire-là semblait piégée, car les deux fils du roi et d'Iset la Belle, le général Ramésou et le scribe Setna, étaient amoureux de cette même Sékhet, toujours introuvable !

À dire vrai, Sobek la recherchait le moins possible, pressentant une multitude d'ennuis s'il remontait une filière sortant du champ de ses compétences. Parfois, la discrétion était la qualité majeure d'un policier, et son intelligence consistait à ne pas se mêler de ce qui ne le regardait pas.

Quand on lui annonça la visite de Kékou, Sobek rajusta sa tunique, disposa des rapports sur sa table de travail et se leva afin d'accueillir le notable.

Robuste quinquagénaire, Kékou était un personnage impressionnant. Grand, la tête carrée, les cheveux grisonnant, les yeux noirs et inquisiteurs, la voix grave, les mains larges, il imposait d'emblée son autorité.

— Des rumeurs annoncent ta promotion, Sobek.

— Le nouveau maire va me confier la direction de l'ensemble des services de police et de sécurité de notre belle ville.

— Félicitations !

— Un lourd travail en perspective...

— Tu as les épaules solides !

— Vu les circonstances, c'est préférable.

Kékou baissa le ton.

— Sommes-nous à l'abri d'oreilles curieuses ? Notre entretien doit rester strictement confidentiel.

— Parlons en nous promenant ; le mois prochain, je disposerai de locaux mieux aménagés.

Les deux hommes sortirent du bâtiment de la police pour arpenter l'une des grandes artères de Memphis, peuplée de commerçants, d'ânes portant des marchandises, d'élégantes en discussion, de scribes pressés et de badauds.

— Ton enquête, concernant la disparition de ma fille Sékhet, a-t-elle progressé ?

— Malheureusement non, déplora Sobek de sa voix rauque.

— Aucune piste ?

— Aucune.

— As-tu déployé les efforts nécessaires ?

— Autant que faire se peut ! Comme vous le savez, mon ancienne équipe se composait d'un bon nombre d'incapables et de menteurs, dont plusieurs créatures du maire défunt. Pour être tout à fait sincère, la réorganisation de mes services prend beaucoup plus de temps que prévu ; trouver des hommes sûrs n'est pas simple. Néanmoins, mes collaborateurs ont interrogé un nombre considérable de personnes, recueilli des témoignages, parcouru la cité en tous sens et exploré la campagne environnante. Pas le moindre résultat ! La disparition de votre fille reste inexplicable, mais ne perdez pas confiance. Cette dramatique affaire demeure prioritaire, et je n'ai pas l'intention de lâcher prise. De votre côté, pas de demande de rançon ?

Kékou hocha la tête négativement.

— Alors, estima Sobek, la conclusion s'impose : votre fille n'a pas été enlevée !

— Je crains qu'elle n'ait été victime d'un complot ; ses ravisseurs ne cherchent pas des profits matériels.

Le terrain devenait glissant ; Kékou ne sous-entendait-il pas que l'un des fils de Ramsès retenait Sékhet prisonnière, afin de la soustraire aux désirs de l'autre prétendant ?

Une gamine proposa des pommes aux promeneurs ;

Kékou en acheta deux, lui offrant un superbe mouchoir de lin qui ravit la commerçante en herbe.

— Je connaissais bien le maire assassiné, rappela le notable ; un caractère rugueux, certes, mais un amoureux de sa ville. À mon sens, lui aussi a été victime d'un complot.

— Ce dossier-là me dépasse, précisa Sobek ; le général Ramésou s'en occupe.

— Et le meurtre du vieil archiviste ?

— Une tentative de vol qui aura mal tourné !

— Tu n'y crois pas toi-même.

Kékou croqua sa pomme, une goutte de sueur perla au front de Sobek.

— Un faux pas pourrait compromettre ta belle promotion, susurra le notable ; quel gâchis ! Tu ne manques pas d'intelligence, Sobek, et tu as compris que l'enlèvement de Sékhet, l'assassinat du maire et celui du vieil archiviste sont liés. Et j'ajoute le délicat conflit entre les fils de Ramsès, le général Ramésou et le scribe Setna, amoureux de ma fille, et prêts à s'entre-déchirer pour obtenir son consentement. Situation complexe, je le reconnais, surtout lorsqu'on envisage une grande carrière.

Un porteur d'eau présenta une outre aux deux promeneurs ; assuré par la ville, ce service était gratuit. Le chef de la police fut heureux de se désaltérer.

— Ma fille est un être exceptionnel, son absence me met au supplice, et l'on n'assassine pas sans raisons graves. Ces désordres sont l'expression visible de troubles profonds, et je crains qu'ils n'entachent ta réputation.

Sobek serra les poings.

— Vous... vous me menacez ?

— Au contraire, j'essaye de t'aider.

— Vous vous moquez de moi !

— Tu es un excellent policier, Sobek, et j'apprécie les professionnels de haut vol. Tu as le choix : ou bien réaliser tes légitimes ambitions, ou bien sombrer à cause de scandales prouvant ton incompétence.

— Des scandales... que vous provoquerez ?

— À ton avis ?

Crispé, Sobek dévora sa pomme, juteuse à souhait.

— Je ne désire pas te nuire, affirma Kékou, et je souhaite t'offrir une existence de rêve.

— À quelles conditions ?

— D'abord, un cadeau : je t'offre l'assassin de l'archiviste. Un remarquable succès à ton actif qui confortera la confiance du maire. Ensuite, tu travailleras pour moi en me fournissant les renseignements dont j'aurai besoin. Ils seront payés à leur juste prix.

— Serait-ce... une tentative de corruption ?

— Évite les mots blessants, Sobek, et songe à ton avenir.

— Mon avenir... Merci de vous en préoccuper, mais je préfère m'en charger moi-même.

— Que dois-je comprendre ?

— Je suis d'origine très modeste, Kékou, et personne ne m'a tenu la main ; mon poste est le fruit de mon seul travail, et je respecte cette ligne de conduite. Elle m'attirera des ennuis, c'est certain ; néanmoins, pas question d'en changer.

— Ne commets-tu pas une regrettable erreur ?

— Vous êtes un homme puissant, et j'ai conscience de votre influence grandissante ; si j'étais raisonnable, j'accepterais votre proposition. Hélas ! La droiture m'importe plus que la raison. Et je commence à vous soupçonner d'avoir commis des actes… regrettables.

— Ne t'égare pas, Sobek !

— Vous m'avez mal jugé.

Kékou sourit.

— Dommage… Tu choisis le mauvais chemin.

— L'avenir nous le dira.

Le regard de Kékou effraya le chef de la police qui peina à garder contenance. En le regardant s'éloigner, il frissonna.

Porteurs d'eau venant déverser le précieux liquide sur des parcelles soigneusement cultivées.
(D'après Champollion.)

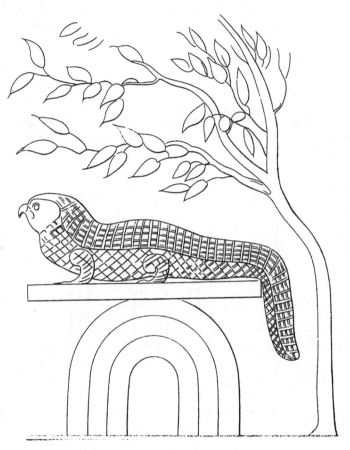

Incarnation du dieu Sobek, le crocodile est à l'abri d'un saule, allongé sur sa chapelle. Il a une tête de faucon, symbolisant la puissance de la lumière montant du fond des eaux.
(D'après Champollion.)

7

La villa du superviseur des greniers Kékou était l'une des plus belles et des plus vastes de Memphis ; ne comptant pas moins d'une trentaine de pièces, elle trônait au cœur d'un parc luxuriant, entretenu avec soin par une équipe de jardiniers. Près de la demeure, remplie de meubles précieux, il y avait une boulangerie, une brasserie, des cuisines, des silos, des ateliers, des écuries et une volière. Deux cents employés étaient logés dans de petites maisons blanches, dotées d'un confort appréciable. Le verger offrait quantité de fruits, notamment des grenades, des figues, des dattes et des pommes ; et Kékou buvait son propre vin, né d'une vigne généreuse.

Depuis la disparition du Vieux, un intendant sévère et pointilleux, mais apprécié de tous, l'atmosphère avait beaucoup changé. Son remplaçant, un Syrien, était un petit tyran détesté ; et le service d'ordre, composé d'ex-dockers, Syriens eux aussi, effrayait le personnel. Autrefois, il faisait bon vivre et travailler ici, et ceux qui avaient eu la chance d'obtenir un poste s'en félicitaient chaque jour ; à présent, la plupart songeaient à partir.

Issu d'une famille de paysans, Kékou n'avait pas ménagé ses efforts pour devenir l'un des principaux notables de Memphis, riche et respecté ; tantôt charmeur, tantôt brutal, il parvenait toujours à ses fins, et l'on parlait de lui comme d'un futur membre du gouvernement.

Derrière son visage respectable, se cachait un être redoutable, un seigneur de la nuit qui, en perçant les secrets de la magie noire, avait acquis d'immenses pouvoirs. Kékou était descendu au fond des ténèbres afin de maîtriser les forces obscures, de briser la loi de Maât et d'instaurer le règne du chaos, à la puissance fascinante, que les esprits faibles appelaient le Mal. Ce dernier ne fournissait-il pas l'énergie dévastatrice dont le mage avait besoin ? Retourner aux origines, éliminer l'inutile, manier la violence… De telles ambitions impliquaient la possession d'une arme décisive.

Cette arme existait : le vase scellé d'Osiris, dangereux trésor façonné à l'aube de la civilisation pharaonique. Alors qu'Isis et Osiris, le premier couple royal, répandait le bonheur, le frère du monarque, Seth, l'avait assassiné et coupé en morceaux ; au terme d'une quête longue et difficile, Isis avait reconstitué le corps d'Osiris et réussi à le ressusciter. Les écoulements et les lymphes étaient conservés dans un vase à jamais scellé, contenant le secret de la vie et de la mort.

Toutes les précautions avaient été prises pour que ce reliquaire demeurât hors de portée des humains. Mais en s'emparant d'un document qui aurait dû être détruit, le *Livre des voleurs*, Kékou avait appris l'emplacement de la tombe maudite où était dissimulé le vase osirien. Écoutant son ambition, redoutant d'échouer, il avait utilisé ses pouvoirs en espérant franchir les barrières magiques réputées inviolables.

Kékou avait remporté un plein succès et découvert la merveille.

Un vase de forme oblongue, à la panse légèrement renflée, fermé par un épais bouchon de pierre qu'il avait sorti de la tombe maudite, sans se brûler les mains, et dont le rayonnement avait carbonisé ses complices.

Lui, Kékou, possédait le trésor des trésors ! Ce n'était pas l'ultime étape ; encore fallait-il en extraire les infinies capacités de destruction.

— Votre dîner est prêt, seigneur, lui annonça son intendant.

— Les gardes sont-ils à leurs postes ?

— La relève vient d'être effectuée.

— La situation risque de se dégrader.

— Une descente de police ?

— Probable.

— Je renforce la sécurité ; faudra-t-il s'opposer aux autorités ?

— Si nécessaire.

Cet ordre plut au Syrien ; en découdre avec la police égyptienne l'enchantait. Face aux dockers, les sbires de Sobek ne feraient pas le poids.

Kékou n'avait pas faim. Il dédaigna des mets succulents et monta l'escalier menant à la terrasse de sa villa. L'attitude de Sobek ne le surprenait qu'à moitié ; un vieux fonds d'honnêteté l'empêchait de sortir d'une vision étriquée de sa fonction. Un policier incorruptible… Quelle dérision ! En refusant de servir Kékou, le fonctionnaire avait signé sa perte.

Deux femmes de ménage s'inclinèrent au passage du maître ; il exigeait une propreté absolue.

La nuit tombait.

Kékou attendit qu'un nuage obscurcisse la lune et déplia un linge souillé du sang d'un bélier égorgé ; de l'index, il dessina un bracelet et y inscrivit un nom :

Ramésou. Les hiéroglyphes se dilatèrent et, peu à peu, le mage commença à voir avec les yeux du général. En offrant un bracelet de cuivre au fils du pharaon, Kékou disposait d'un inestimable canal d'informations.

Il assista à l'entretien du roi et de Ramésou, et apprit que l'armée, jointe à la police, se préparait à éradiquer le réseau syrien de Memphis, bras armé du mage. Auparavant, le général célèbrerait les funérailles de Setna, mort noyé en recherchant le *Livre de Thot*. Un redoutable adversaire en moins !

Conscient de la menace, le pharaon ne restait pas inactif, et cette action d'envergure aurait pu lui procurer un avantage décisif ; mais Kékou avait le temps d'alerter le chef du réseau, son allié Kalash, lequel prendrait les précautions nécessaires.

Ainsi, Ramsès passait à l'offensive ! Après l'échec de Setna et de son commando, il escomptait une action d'envergure ; et cet aveugle de général Ramésou tentait de disculper Kékou, injustement soupçonné !

Cet état de grâce ne durerait pas ; aussi la milice du mage transformerait-elle son domaine en camp retranché. Tôt ou tard, ses adversaires comprendraient son véritable rôle, et l'affrontement serait inévitable.

Kékou ne mésestimait pas les pouvoirs du pharaon. Entouré d'une corporation de magiciens efficaces, magicien lui-même, il ne serait pas facile à terrasser ; identifier l'ensemble de ses défenses et les détruire exigerait du temps. Un temps d'autant plus long que Kékou se heurtait à une difficulté majeure : le refus obstiné de sa fille de devenir son alliée.

Il quitta la terrasse et parcourut le domaine réservé de Sékhet, une antichambre où étaient rangés vêtements, parures et sandales, une grande chambre qu'éclairaient plusieurs fenêtres, une salle d'eau et un salon de beauté. Naguère, la jeune femme se livrait volontiers aux mains de la masseuse, de la coiffeuse et de la maquilleuse, ravies d'être au service d'une jolie maîtresse dont le charme séduisait toute la maisonnée.

Le charme n'était pas le seul atout de Sékhet ; surdouée, elle était déjà une remarquable thérapeute, initiée à certains des mystères de la déesse-Lionne Sekhmet. Sa disciple bénéficiait d'une énergie particulière que Kékou comptait utiliser pour transformer le vase scellé d'Osiris en émetteur de mort et de destruction.

Épouvantée en découvrant le vrai visage de son père et ses effroyables desseins, Sékhet s'était enfuie, et Kékou ne réussissait pas à la retrouver ; il avait failli la retenir lors d'un bref retour de la jeune femme à son laboratoire, mais elle s'était échappée. Et la force de la déesse-Lionne la protégeait.

Sékhet en savait trop, elle devait collaborer ou disparaître. Et Kékou ne désespérait pas de la convaincre de participer à sa grandiose aventure. L'émotion passée, ses craintes s'évanouiraient, et les splendeurs du Mal la fascineraient.

Kékou referma la porte des appartements de sa fille, persuadé qu'elle lui reviendrait. L'urgence consistait à prévenir Kalash des intentions du général Ramésou, décidé à déployer l'armée afin de démanteler le réseau syrien, patiemment implanté à Memphis. Marchand dépourvu de scrupules, ambitieux, haïssant Ramsès et l'Égypte, Kalash était, dans les circonstances présentes, le meilleur des seconds ; tueur-né, il admirait les pouvoirs de Kékou, seul capable, à ses yeux, de renverser le trône du pharaon. Néanmoins, le mage restait lucide : Kalash ne songeait qu'à s'enrichir et, la victoire acquise, supprimerait Kékou à la première occasion.

Un grand assaut se préparait, le mage en tirerait des leçons : Kalash et son réseau y survivraient-ils ? Alors, il conviendrait d'engager de nouveaux mercenaires et d'acheter un maximum de consciences. Le royaume pourrirait de l'intérieur et, lorsque le vase scellé d'Osiris aurait changé de nature, quand sa puissance de résurrection serait transformée en ondes mortelles, Kékou pourrait envisager un triomphe encore lointain. N'avait-il pas déjà franchi des obstacles insurmontables ?

Réflexion faite, il avait faim. Le maître apprécia les côtes de bœuf et les légumes grillés qu'avait préparés son cuisinier ; l'excellent vin de sa propriété était porteur d'optimisme. Et si le roi commettait l'erreur de sous-estimer son adversaire, les événements se précipiteraient.

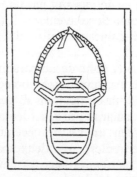

Le vase mystérieux peut prendre la forme d'un cœur, symbole de la conscience, capable de percevoir l'invisible.
(*Livre de sortir au jour*, chapitre 30 B.)

8

Setna attendait avec impatience l'ultime confidence de Fleur : comment la jeune femme pouvait-elle l'aider ? Détendue, elle ôtait ses vêtements de prix et les rangeait, soigneusement pliés, dans le coffre en bois ; une boîte en sycomore accueillit les parures.

Puis elle peigna ses longs et délicats cheveux noirs, avant de revêtir sa tunique de paysanne.

— J'ai oublié de te montrer mon trésor le plus précieux, révéla Fleur, ce peigne.

Setna examina l'objet en ivoire ; il n'en avait jamais vu de semblable.

De longues dents, fines et acérées ; une forme rectangulaire et un décor surprenant, composé d'un faucon surmontant un cobra en position d'attaque.

— Il est très ancien, précisa Fleur, et ne sert pas seulement à coiffer ; en cas de nécessité, ce sera une arme excellente. Acceptes-tu de porter mon maigre bagage ?

— Allons-nous… quitter cet endroit ?

— Selon une tradition digne de foi, la déesse Bastet, incarnation de l'âme d'Isis, a été la gardienne du vase scellé d'Osiris. Si le voleur est parvenu à la séduire, le sanctuaire de Bastet, joyau de sa riche ville de Bubastis, serait une cachette idéale.

Setna était persuadé que Kékou avait mis le vase à l'abri, sans doute loin de sa villa et de son domaine de Memphis, trop exposés ; l'hypothèse de Fleur méritait d'être prise en considération. Si le scribe retrouvait le vase, le mage noir serait réduit à l'impuissance.

— C'est une sorte de miracle, observa-t-elle, en fixant le jeune homme.

— De quoi parles-tu ?

— De la bandelette de lin qui recouvre le *Livre de Thot* : elle reste parfaitement tendue et immaculée. Aucun doute, cet écrit émet une influence et se trouve bien sur ta poitrine ! Les dieux ne semblent pas t'avoir condamné.

— Comment atteindrons-nous Bubastis ?

— J'ai fabriqué un radeau en roseaux qui nous permettra d'emprunter un canal et de rejoindre le fleuve ; un bateau nous acceptera comme passagers.

Tout en songeant à sa fiancée, Sékhet, dont l'absence lui pesait cruellement, Setna ressentait un vif espoir ; la piste de Bubastis serait-elle la bonne ? À l'évidence, le vase scellé ne pouvait être dissimulé que dans un endroit sacré, à l'abri des regards et des convoitises. Après avoir tenté d'exterminer la race humaine, la lionne Sekhmet, cédant à la magie de Thot, s'était transformée en chatte Bastet, dispensatrice d'amour, mais capable d'intervenir avec la violence et la rapidité d'un fauve.

Fleur se réjouissait de voir sa stratégie fonctionner à merveille ; elle aussi se sentait animée d'un réel espoir ; peut-être sa damnation ne serait-elle pas éternelle ?

*

Bien que la peinture des nouveaux locaux de la police de Memphis ne fût pas achevée, impossible de retarder l'inauguration. Le maire ne tarderait pas à arriver, et le maître des lieux, le chef Sobek, courait partout, attaché au bon déroulement de la cérémonie et du banquet.

Pour lui, c'était le grand jour ; néanmoins, cette promotion n'annonçait pas un avenir tranquille. Il lui restait de lourds dossiers à traiter, et Sobek venait de se faire un ennemi de poids en repoussant l'offre de corruption du notable Kékou.

Deux avantages : Kékou n'était pas un ami du nouveau maire, et le policier achevait le recrutement d'hommes qu'il avait choisis et qui possédaient un sens aigu de leur mission. Ils formaient un clan dont Sobek était le chef, à la fois craint et admiré. Le temps des compromissions et des atermoiements semblait révolu, le patron des forces de l'ordre se sentait rajeunir.

Il goûta la salade composée de laitue, de concombres et de graines de lupin.

— Ça manque d'huile ! protesta-t-il.

Le cuisinier s'empressa de réparer son erreur en ajoutant une dose substantielle d'huile d'olive.

Inquiet, Sobek vida une coupe de vin rouge. Long en bouche, correctement charpenté, pas d'acidité ; de ce côté-là, rassurant. Mais sur l'une des tables basses, pas de fleurs séchées ! De quoi mécontenter l'un des convives invités à ce banquet.

— On maîtrise la situation, affirma l'un des adjoints de Sobek, rassurant.

— Un désastre ! Rien n'est prêt.

— Ne vous inquiétez pas, nous…

— Le maire ! prévint un autre adjoint.

L'estomac noué, Sobek s'attendait au pire. Sexagénaire né à Memphis, ex-responsable de l'irrigation, fils de paysan et père de trois enfants, le nouveau maire nommé par Ramsès avait une réputation d'incorruptible. Pointilleux, travailleur, il était viscéralement attaché à la bonne santé des finances publiques et à l'impeccabilité des serviteurs de l'État. Dépourvu d'arrogance et d'ambition, il se contentait de remplir sa fonction et ne se détournerait pas du droit chemin ; grâce à des hommes de cette trempe-là, l'Égypte demeurait fidèle à ses valeurs.

Accompagné des membres du conseil municipal, à l'exception de Kékou, le maire, piètre orateur, se contenta d'un bref discours vantant les mérites de Sobek et le félicitant de sa promotion. Amateur de bonne chère, il abrégea sa péroraison afin de savourer les entrées.

— As-tu terminé ton recrutement ? demanda-t-il à Sobek.

— Ce matin même.

— J'ai un élément remarquable à te proposer ; il complétera ton équipe.

Le chef de la police parut inquiet.

— A-t-il l'expérience nécessaire ?

— À son actif, plusieurs arrestations de voleurs ; sur les marchés, personne n'est plus efficace que lui. Courageux, rapide, mais intraitable et d'un caractère plutôt revêche. Tu l'apprécieras, j'en suis certain.

Sobek ne s'attendait pas à une telle proposition de

la part du maire ; difficile de lui opposer un refus catégorique.

— Où l'avez-vous connu ?

— Il a travaillé dans des villages du delta, et sa réputation est parvenue jusqu'à moi ; vu ses états de service, il me paraît digne de travailler à Memphis et sous tes ordres.

— La décision finale m'appartient-elle ?

— Elle t'appartient.

— Comment s'appelle ce brillant élément ?

— Douty.

— Son âge ?

— Sept ans.

Sobek crut avoir mal entendu.

— Un enfant ?

— Il n'en a pas l'air ! Je l'amène.

Le maire alla chercher le policier Douty, un superbe babouin mâle à l'épaisse cape et au visage d'une remarquable dignité. Puissant et calme, il planta son regard, d'une incroyable intensité, dans celui d'un Sobek stupéfait.

Entre eux, la sympathie fut immédiate.

Sobek sut qu'il n'aurait jamais à douter de ce collaborateur-là, et Douty accepta d'obéir aux ordres de ce grand gaillard.

— Je t'engage, Douty.

Le babouin inclina légèrement la tête et accepta le morceau de viande séchée que lui offrit le chef de la police.

— Fêtons notre nouveau chef de la police et son équipe ! proposa le maire.

On porta plusieurs toasts, et Sobek commença à

se détendre, à la vue d'hôtes réjouis et satisfaits du banquet.

— Tu devrais apprécier cette bière de fête, recommanda un retraité, préposé aux boissons.

— Je préfère ne pas mélanger.

— Aujourd'hui, moi, je ne me prive pas !

Il se servit d'un fin tuyau relié à un filtre qui permettait d'absorber une bière débarrassée de toute particule en suspension.

— Une merveille ! commenta-t-il ; goûte-la, tu ne le regretteras pas.

— Je termine ma côte de bœuf.

Grand amateur de bière, Sobek s'apprêtait à boire quand le visage du retraité changea brutalement d'expression. Les joues creusées, les yeux révulsés, le front couvert de sueur, il se leva et tituba.

— Je ne me sens pas bien…

Il vomit à jets saccadés, se plia en deux et s'effondra.

Deux collègues l'allongèrent.

— Quelle cuite ! s'amusa l'un d'eux.

Sobek s'approcha.

La tête inclinée, le malheureux ne respirait plus.

— Il est mort. Ce n'est pas une cuite, mais un empoisonnement.

Atterrés, les convives se figèrent ; le banquet de promotion se terminait de manière tragique. Chez Sobek, le policier reprit le dessus.

— D'où provient la petite jarre qu'a bue la victime ?

Des subordonnés se mirent aussitôt en quête du livreur et ne tardèrent pas à l'identifier.

Le récipient provenait du domaine du superviseur des greniers, Kékou, et était destiné au nouveau chef de la police.

Un haut dignitaire, tenant le bâton de commandement dans
la main droite, et le sceptre de la maîtrise dans la gauche.
(D'après Champollion.)

9

Tout en espérant que la jarre de bière empoisonnée atteindrait son but, Kékou n'ignorait pas les possibles aléas. Un échec déclencherait la colère et la suspicion de Sobek, mais prouver la culpabilité du superviseur des greniers serait impossible. Il donnerait en pâture au chef de la police un Syrien sourd et muet, dont chacun savait qu'il détestait les forces de l'ordre ; et des témoins affirmeraient l'avoir vu manipuler la jarre, sans se douter d'un acte criminel.

En songeant à Setna, amoureux de sa fille et si difficile à terrasser, le mage s'interrogea : était-il vraiment mort ? Ce jeune scribe possédait d'étonnantes ressources et se serait révélé un adversaire coriace s'il les avait déployées.

Subitement dubitatif, Kékou préféra vérifier.

La matinée était splendide, ses employés vaquaient à leurs occupations, sa milice montait bonne garde. Dans l'après-midi, il inspecterait les greniers royaux, puis se rendrait chez le ministre de l'Économie, de passage à Memphis ; le vieillard tenait à s'entretenir avec son probable successeur qu'il avait chaudement recommandé au roi.

En montant l'escalier menant à la terrasse, Kékou douta de l'utilité de sa démarche ; voulant s'emparer du *Livre de Thot*, interdit aux humains, Setna avait provoqué le courroux des divinités, à commencer par Thot lui-même, maître de la redoutable puissance lunaire, capable de répandre des cataclysmes, telle une tempête causant la fureur du Nil. Malgré son habileté, le scribe n'avait pas échappé à la noyade !

Pourtant, Kékou continuait à se méfier de cette vision restreignant sa pensée et le contraignant à croire la version officielle ; cette gêne, inhabituelle, l'incita à poursuivre son investigation.

Le mage pointa vers le ciel le couteau qui lui avait servi à déclencher les troubles du cosmos, lors de la violation de la tombe maudite où était caché le vase scellé d'Osiris ; sur sa lame, il avait écrit à l'encre rouge le nom de Setna.

Un nuage se forma, un éclair en jaillit et frappa la lame, la rendant incandescente ; si le nom du fils de Ramsès avait disparu, sa mort serait avérée.

Le nuage se dissipa, la lame se refroidit ; et Kékou fut étonné. Les lettres formant le mot « Setna » étaient déformées, mais pas effacées. Ainsi, il se trouvait entre la vie et la mort ! Malade, mourant, prisonnier d'un génie maléfique ? Quelle que fût la vérité, le scribe n'était pas totalement libre de ses mouvements. Affaibli, il devenait une proie facile.

Soit Setna disparaîtrait, soit Kékou lui porterait le coup fatal en volant son âme. Dépourvu de défenses, il serait impuissant face à l'attaque du prédateur et se viderait peu à peu de son être.

*

En compagnie de Vent du Nord, son âne robuste équipé de paniers remplis de poireaux et de concombres, le Vieux jouait les marchands ambulants à proximité du port de Memphis. Ex-intendant du superviseur des greniers Kékou, lequel avait tenté de le supprimer, le Vieux s'était échappé à temps. Méconnaissable, mal rasé, vêtu d'oripeaux, il demeurait en permanence sur le qui-vive, redoutant d'être repéré par des membres du réseau syrien aux ordres de Kékou ; les dockers formaient le gros bataillon, mais il existait sans doute des complices. Vent du Nord était un excellent observateur et percevait le danger ; quand il levait les deux oreilles et grattait le sol, le Vieux quittait les lieux.

Il lui fallait prendre des risques pour obtenir des informations et adopter une stratégie. Ce matin-là, il eut la chance de rencontrer un capitaine de navire marchand plutôt bavard ; c'était curieux, chez les marins, ce besoin de faire des phrases.

— Ils sont beaux, tes poireaux ! J'avais justement envie d'en manger... Et tes concombres me plaisent aussi !

— Si tu me prends tout, trois poireaux et deux concombres gratuits.

— Intéressant... Un panier de poissons séchés en échange, ça te convient ?

— Affaire conclue. Tu viens d'où ?

— De la capitale, Pi-Ramsès, et je vais livrer des jarres de vin à Coptos.

75

— Des grands crus ?

— Ça, tu peux le dire ! En les buvant, les notables de Coptos oublieront le drame qui vient de se produire. Le roi doit être effondré, mais il n'en montre rien, paraît-il.

— Que s'est-il passé ?

— L'un de ses fils, Setna, s'est noyé ; les funérailles auront bientôt lieu dans la nécropole de Memphis. Triste histoire… Enfin, c'est la vie ! Salut, l'ami.

Le visage fermé, le Vieux suivit Vent du Nord ; l'âne sortit de la zone du port, traversa le quartier des artisans et emprunta une longue ruelle aboutissant à une petite maison en mauvais état, semblant abandonnée ; des fenêtres closes, un jardinet en friche, pas de voisins.

Vent du Nord s'immobilisa. L'œil en amande, le museau et le ventre blancs, les naseaux larges, la queue touffue, le grison ne pesait pas moins de trois cents kilos et possédait un parfait sens de l'orientation.

Le Vieux frappa à la porte vermoulue, selon un code modifié chaque jour. La masure appartenait à une amie d'enfance récemment décédée ; d'interminables querelles d'héritage avaient provoqué son abandon. L'endroit semblait sûr, mais le Vieux prenait mille précautions afin de préserver la sécurité de Sékhet, la fille de Kékou, que son père, le réseau syrien et la police tentaient de retrouver. En dépit du danger, la jeune femme n'avait qu'une idée en tête : rejoindre son fiancé, Setna. Ensemble, ils vaincraient l'adversité.

Pressentant les noirs desseins du mage, le Vieux

avait permis à Sékhet, refusant de collaborer avec son père, d'échapper de justesse à un assassinat. En fuite, obligée de se cacher, elle avait pourtant décidé de revenir à Memphis ; ici, grâce au Vieux, son fidèle serviteur depuis l'enfance, elle obtiendrait des nouvelles de Setna, et ils seraient bientôt réunis.

Haut sur pattes, vif, les yeux marron d'une rare intelligence, un chien noir vint flairer le Vieux qui ne manqua pas de lui caresser le cou. Geb veillait sur sa maîtresse et donnerait sa vie pour la protéger ; à plusieurs reprises, déjà, il l'avait sauvée de ses poursuivants. Son comportement prouvait que l'endroit était tranquille.

La porte s'ouvrit.

Apparut une sublime jeune femme aux yeux verts, à la chevelure aux reflets auburn et à la peau nacrée. Les épreuves n'avaient rien ôté à sa beauté et à son charme ; malgré des conditions difficiles, elle préservait son élégance et se montrait confiante en l'avenir. Pendant que le Vieux partait en quête de renseignements fiables, elle réaménageait et nettoyait leur modeste domaine, redevenu habitable.

— Je m'inquiétais, avoua-t-elle ; tu as été long.

— J'ai rapporté des poissons séchés.

— Et… des renseignements ?

Le Vieux hocha la tête.

— Encourageants ?

— Je crains que non.

L'âne se rendit à l'étable voisine, Geb monta la garde à l'extérieur, Sékhet et le Vieux franchirent le seuil et refermèrent la porte.

Il n'osa pas la regarder.

— Il faut être forte et courageuse, Sékhet, murmura-t-il d'une voix cassée ; le témoignage d'un marin a confirmé nos pires craintes.

La disciple de la déesse-Lionne demeura digne et garda un long silence.

— Setna est mort noyé, précisa le Vieux, et ses funérailles seront célébrées à Memphis.

— Je ne ressens pas sa mort.

— Moi aussi, je refuse d'y croire !

Il s'assit et ouvrit une jarre d'un rouge acceptable ; une grande goulée lui redonna un peu d'énergie.

— Setna ne s'est pas noyé, affirma Sékhet ; on a tenté de se débarrasser de lui.

— Ton père ?

— Qui d'autre ?

— Nous devons en apprendre davantage sur les circonstances de ce drame, estima le Vieux. Si le corps n'a pas été retrouvé et formellement identifié, un espoir subsiste.

— Tu parlais de funérailles, rappela Sékhet, au bord des larmes.

— Et s'il ne s'agissait que d'un trompe-l'œil ? On souhaite peut-être t'abuser en te condamnant au désespoir !

— Le roi assistera à la cérémonie, prédit Sékhet ; je m'y rendrai et je lui parlerai.

— Je redoute un piège !

— Pharaon ne me mentira pas. S'il m'annonce le décès de Setna, l'espérance sera brisée, et je veux être présente pour lui témoigner mon amour.

Inquiet, le Vieux s'accorda une seconde goulée.

— Je n'en resterai pas là, décréta la prêtresse de Sekhmet, et je vengerai Setna.

— Les pouvoirs de ton père...

— Il n'est pas invincible ; à travers moi, la fureur de la déesse se déchaînera.

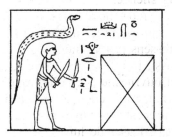

Utilisant la puissance du serpent et celle des couteaux, le mage parvient à franchir la porte de l'invisible.
(*Livre de sortir au jour*, chapitre 149.)

10

— Chef, il arrive !

Occupé à lire un rapport, Sobek leva la tête.

— De qui parles-tu ?

— Le général Ramésou ! Son bateau vient d'accoster !

— Tant mieux… J'avais envie de le revoir. Douty, tu m'accompagnes.

Le babouin acheva de déguster une figue et suivit son chef. Ensemble, ils se dirigèrent vers le port, d'un pas décidé.

La venue de Ramésou ne passait pas inaperçue. Escorte impressionnante et porteurs de coffres en bois lourdement remplis attiraient les badauds.

Le général attendit que l'agitation se calmât pour descendre la passerelle ; quand la foule s'écarta, il aperçut Sobek et le babouin.

Ramésou sourit.

— Ton nouveau subordonné ?

— Ma dernière recrue.

— As-tu enfin choisi les membres de ton équipe ?

— J'espère qu'elle se montrera efficace.

Le changement de ton du chef des forces de sécurité

surprit le général ; rugueux, la tête haute, il affichait une fierté inattendue.

— Tu vas m'aider à remplir une pénible mission, révéla Ramésou ; le pharaon m'a ordonné d'organiser les funérailles de mon frère cadet, noyé à Coptos, et tu assureras la sécurité du cortège.

— Mes condoléances, général ; vous pouvez compter sur moi.

— Je n'en doutais pas, Sobek.

— Néanmoins, je n'accepte plus d'être considéré comme un imbécile.

Le chef de la police osa affronter le regard de Ramésou, à la fois étonné et courroucé.

— L'assassinat de l'ancien maire, celui du vieil archiviste, la disparition de Sékhet, fille du notable Kékou, celle de son intendant, et maintenant la mort tragique du prince Setna… Voilà beaucoup d'événements dramatiques en fort peu de temps, et j'en ai assez d'être aveugle ! Ou j'exerce pleinement mes prérogatives, ou vous me chassez de mon poste de manière arbitraire. En ce cas, je porterai plainte, et la justice me donnera raison.

La surprise passée, le discours de Sobek ne déplut pas au général ; une plainte argumentée avait, en effet, d'excellentes chances d'aboutir.

— Comment définirais-tu tes… prérogatives ?

— D'abord, connaître la vérité ; ensuite, agir en fonction de mes capacités et ne pas être tenu à l'écart d'une enquête concernant ma ville.

Ramésou avait devant lui un policier déterminé ; la bonne stratégie ne consistait-elle pas à s'en faire un allié ?

— Tes demandes me paraissent justifiées, mais je

suis lié par le secret d'État ; cependant, je peux t'associer à certaines démarches. J'exige une obéissance absolue, des rapports détaillés et l'absence d'initiative.

— Ça me convient.

Les deux hommes marchèrent côte à côte, en direction du palais ; l'escorte du général et le babouin assuraient leur sécurité.

— Comme tu le supposais, révéla Ramésou, tous les crimes récents sont liés, et nous sommes en présence d'une affaire extrêmement grave qui menace l'existence même de notre pays.

Cette déclaration frappa Sobek de stupeur. Émanant de la bouche du fils aîné du monarque, elle ne pouvait être une exagération.

— C'est... C'est terrifiant !

— Ça l'est ; et le roi m'a chargé de supprimer cette menace.

— De quelle façon ?

— L'entreprise s'annonce difficile, car Memphis est devenu la proie d'un réseau syrien que commande Kalash, un marchand ; cette crapule est l'auteur des assassinats, et nous n'avons pas encore réussi à l'arrêter.

— Ma responsabilité est engagée, estima Sobek.

— Après les funérailles de mon frère, l'armée et la police mèneront une opération conjointe afin de démanteler ce réseau et de mettre fin aux agissements de ce fauteur de troubles. Tu seras associé à la préparation de cette intervention d'envergure, et je tiendrai compte de tes conseils. Cette fois, Kalash ne nous échappera pas.

— Pas un recoin de Memphis ne lui servira d'abri !

Sobek se félicitait d'avoir ouvert son cœur ; Ramésou lui accordait sa juste place, et il s'en montrerait digne.

— Un incident à vous signaler, général ; un retraité de la police est mort empoisonné à mon banquet de promotion. À l'évidence, c'est moi qu'on visait, et la jarre de bière provenait du domaine du superviseur des greniers, Kékou.

— Une preuve formelle de sa culpabilité ?

— Aucune. À la suite d'une dénonciation, mes hommes ont arrêté un Syrien. Plusieurs témoignages l'accablent.

— Un Syrien ! Le réseau veut ta perte, Sobek ; ce bougre a-t-il avoué ?

— Il est sourd et muet.

— Un Syrien, voilà l'essentiel ! Au palais, avec mon état-major, je vais t'expliquer mon plan.

*

Au gré des rencontres et des opérations de troc, le Vieux pouvait se vanter d'une belle moisson de renseignements. La prise de fonction du nouveau maire, un Memphite de souche réputé incorruptible, s'accompagnait de la promotion de Sobek, désormais chef de l'ensemble des forces de l'ordre de la grande cité, et décidé, affirmait-on, à faire entendre sa voix.

Autrement dit, des ennuis en perspective ! Si ce Sobek se préoccupait vraiment de retrouver Sékhet, préserver sa sécurité deviendrait ardu.

Le général Ramésou était arrivé à Memphis, convoyant le mobilier funéraire destiné à Setna, dont l'inhumation était fixée au surlendemain ; et l'on avait vu Sobek, chef de la police, aux côtés du fils aîné de

84

Ramsès, en grande conversation. Les deux hommes s'étaient rendus au palais, où l'on attendait le roi.

Que préparaient-ils, sinon une opération de maintien de l'ordre ? Kalash était sûrement visé, Kékou serait-il interpellé ? Un drôle de remue-ménage s'annonçait ! Il fallait rester caché en observant le champ de bataille.

Mauvaise nouvelle : la mise aux arrêts du meilleur ami de Setna, le directeur de la Maison des armes, Ched le Sauveur, et de ses trois compagnons. Ramésou s'était débarrassé de ces gêneurs afin d'assurer seul la direction de l'enquête ; cette attitude dictatoriale ne cachait-elle pas d'autres ambitions ?

Le Vieux goûta un petit blanc sec, gouleyant et revigorant ; il convenait à une fin de matinée, avant le repas.

Au milieu d'une ruelle, Vent du Nord s'immobilisa et ses oreilles se dressèrent.

Danger imminent.

« On m'a suivi », pensa le Vieux.

— On continue, murmura-t-il à l'oreille de l'âne, et on intercepte.

Le quadrupède acquiesça. Reprenant son allure tranquille, il ne suivit pas l'itinéraire conduisant à la masure où s'était réfugiée Sékhet, et choisit une autre ruelle débouchant sur un verger.

Le Vieux, lui, se dissimula à l'angle d'un mur.

Et le suiveur apparut : un docker syrien, au front bas, aux bras et aux mollets épais. Intrigué, il recherchait la trace de ses proies.

— Je suis ici, déclara le Vieux.

Le Syrien se retourna.

— Tu me veux quoi, l'ami ?

Le docker banda ses muscles.

— Ta tête ne me revient pas, déclara le suiveur.

— Honnêtement, la tienne non plus.

— Tu ne cacherais pas une jeune femme, par hasard ?

— Ah, la dame Sékhet ! Si, bien sûr.

Le Syrien eut un sourire conquérant.

— J'apprécie les gens raisonnables ; tu me conduis à elle, et je ne te brise pas les os.

— Moi, je serais d'accord ; mais Vent du Nord, non.

— C'est qui, ce…

La ruade de l'âne fracassa les reins du docker ; la bouche ouverte et les bras ballants, il s'effondra.

— On ne traîne pas dans le coin, décida le Vieux.

11

À destination de Bubastis, le bateau de commerce ne fit pas escale au port de Memphis ; le capitaine était pressé d'arriver à bon port et de décharger sa cargaison de jarres d'huile. En longeant les quais, Setna songea à sa fiancée. Où Sékhet se cachait-elle, allait-elle de refuge en refuge afin d'échapper à son père, gardait-elle espoir malgré la cruauté de l'épreuve ? Une seule certitude ; leur amour était indestructible, ils restaient liés sur la terre comme au ciel. De quelle manière aider au mieux Sékhet, sinon en retrouvant le vase scellé d'Osiris et priver ainsi Kékou d'une arme décisive ?

— À quoi penses-tu ? demanda Fleur en s'asseyant auprès de son compagnon de voyage.

— Au bonheur à reconstruire.

— La femme que tu aimes doit être très belle…

— Très belle.

— Et son intelligence est à la hauteur de sa beauté !

— Initiée aux mystères de la déesse-Lionne, elle possède des dons exceptionnels de thérapeute.

— Pourquoi te priver de son aide ? s'étonna Fleur.

— Elle a disparu.

— Ce drame serait-il lié au drame du vase scellé d'Osiris ?

— J'en suis certain.

— En t'en emparant, regagneras-tu le bonheur perdu ?

— Telle est mon espérance.

— Alors, nous sommes sur le bon chemin ! La déesse de Bubastis connaît la vérité et nous aidera à triompher.

L'optimisme de Fleur était contagieux ; Setna voulut croire à leur succès et regarda le fleuve avec confiance. S'il les menait à l'inestimable relique, le combat changerait d'âme et la peur de camp.

Fleur, elle, continuait à s'amuser, et se demandait comment elle parviendrait à séduire ce beau garçon, éperdu d'amour. L'amour... La démone le haïssait ! Grâce à elle, le naïf perdrait ses illusions ; en lui accordant sa confiance, il commettait une erreur fatale. Bubastis serait son tombeau.

L'équipage ne doutait pas que les deux jeunes gens fussent amants ; et le garçon était un scribe puisque, à la demande du capitaine et en échange du voyage, il avait rédigé un document administratif à l'intention des autorités portuaires.

Fleur se garda de répondre aux œillades des marins ; seule une attitude réservée et digne était susceptible de plaire à Setna et de l'éloigner peu à peu de sa fiancée. Bientôt, elle aurait vraiment disparu.

*

Ramésou, son état-major et Sobek, chef des forces de l'ordre de Memphis, avaient passé une bonne partie de la nuit à préparer le plan d'assaut de la cité, de façon à éviter la fuite des membres du réseau syrien. La marine bloquerait les accès au fleuve, l'infanterie et la police investiraient places, grandes artères et ruelles ; parfait connaisseur de l'agglomération, Sobek avait offert de précieux conseils. Impressionné par l'ampleur du dispositif, il se réjouissait de participer à cette opération qui anéantirait une bande de brigands.

Sobek était associé à une autre tâche : assurer la sécurité du cortège funéraire se rendant à la nécropole où serait inhumé le sarcophage vide du prince Setna. Une étrange atmosphère régnait au palais ; les ritualistes attendaient les consignes de Ramésou et s'étonnaient de l'absence du roi. Pas de corps, pas de momie, mais une cérémonie habituelle en dépit des circonstances extraordinaires.

Intrigué, le grand prêtre de Ptah exigea des explications ; le général évoqua la noyade accidentelle de son frère cadet et suggéra qu'un culte fût rendu à son âme. Le Nil terrestre ne l'avait-il pas confiée au fleuve céleste, source de régénération ? Exempt d'actes mauvais, l'existence de Setna lui vaudrait la bienveillance des dieux.

Le grand prêtre accepta la version de Ramésou ; ensemble, ils déplorèrent le décès du jeune scribe, promis à de hautes fonctions. Une tombe modeste abriterait son souvenir, et un prêtre prononcerait son nom chaque jour, lorsqu'il déposerait des offrandes florales dans une chapelle accessible aux vivants.

Ramésou avait choisi lui-même des objets ayant appartenu à son frère, papyrus, matériel d'écriture, vêtements, meubles… Il ajouta des colliers, des bracelets, des parfums et des aliments momifiés. Sur les chemins de l'autre monde, Setna ne manquerait de rien.

La procession des porteurs de coffres s'ébranla peu après l'aube, sous la protection des policiers de Sobek. Un mauvais vent balayait la région de Memphis, la marche était pénible, et les abords de la nécropole assombrirent les esprits ; répandant une mort insidieuse, des spectres ne rôdaient-ils pas ?

Le calme et l'assurance du général, s'ajoutant à l'allure martiale de Sobek qu'accompagnait le babouin policier, rassurèrent les porteurs ; les rayons d'un soleil timide ne les réchauffèrent pas, et leur fardeau sembla s'alourdir.

Ramésou pensait à son jeune frère, ce scribe aux talents remarquables qui aurait pu devenir grand prêtre de Ptah et percer les mystères du dieu, au terme d'une longue recherche ; en le soupçonnant d'entretenir des ambitions insensées, le général s'était trompé. Setna avait eu la présomption de croire qu'il parviendrait, lui, un simple humain, à s'emparer du *Livre de Thot* ! Provoquant le ressentiment du dieu, cette démarche téméraire lui avait coûté la vie.

En cette triste matinée, Ramésou se sentait bien seul. Certes, Setna ne possédait pas l'envergure nécessaire pour mener à terme la quête du vase scellé d'Osiris ; néanmoins, il n'avait pas manqué de courage, et ses erreurs contribueraient peut-être à la victoire finale. Une victoire à laquelle le scribe défunt n'assisterait pas.

*

Le Vieux s'était opposé à la décision de Sékhet, mais elle n'avait tenu aucun compte de ses arguments

90

et voulait, avant de quitter leur refuge, obtenir des renseignements sûrs à propos de la sépulture de Setna.

En ville, c'était l'événement ; la mort brutale du jeune fils de Ramsès était le sujet majeur de conversation. Sa noyade, considérée comme une purification suprême, l'élevait au rang de saint, et certains évoquaient déjà sa mémoire en le priant d'accorder des faveurs. Les plus cyniques notaient que le général Ramésou avait désormais le champ libre.

Le Vieux eut la chance de rencontrer, près du temple de Ptah, un ritualiste bavard qui avait fréquenté Setna et connaissait l'emplacement de la tombe choisie à la hâte, un très ancien caveau proche de la pyramide d'Ounas, pharaon de l'âge d'or des pyramides. Le défunt aimait cet endroit austère, animé par l'esprit impérissable des bâtisseurs.

Le Vieux fournit les indications à Vent du Nord, l'âne guida Sékhet et le Vieux ; le chien Geb était prêt à signaler le moindre danger.

À peine avaient-ils quitté la masure que deux dockers syriens, soucieux à la suite de la disparition de leur camarade, s'approchaient du quartier qu'il devait inspecter. Se présentant comme des policiers, ils interrogeraient les habitants et fouilleraient chaque maison.

Vent du Nord coupa à travers champ, choisissant un trajet sinueux, loin des hameaux et des fermes. Quand il s'enfonça dans le désert, le Vieux craignit qu'il ne s'égarât ; mais l'âne choisissait ce détour pour profiter de l'abri des dunes, en évitant les postes de garde de la nécropole.

Il s'immobilisa derrière la chapelle d'une grande tombe dont la façade était couverte de hiéroglyphes vantant les qualités d'un des serviteurs du roi Ounas.

À une vingtaine de pas, deux gardes veillaient sur un puits funéraire.

— C'est ici, murmura le Vieux qui aurait préféré se trouver ailleurs.

*

Ramésou n'aurait pas cru qu'il souffrirait autant de la disparition de son frère. Plus l'ultime célébration approchait, plus il était désemparé ; pourtant, entre Setna et lui, l'atmosphère n'avait pas été au beau fixe ! Heurts, suspicions, incompréhensions… Au moment de lui dire adieu, le général regrettait ces différends, souvent futiles. Lui, l'homme d'action ; Setna, le penseur et le ritualiste. Au service du roi, leur alliance n'aurait-elle pas fait merveille ?

Ces regrets-là étaient inutiles. Privé de l'aide d'un frère téméraire et inconséquent, Ramésou ne devait songer qu'à sa mission.

À l'approche du but, les porteurs d'offrandes funéraires éprouvèrent un profond soulagement, tant le vent de sable cinglait les jambes lourdes. Au signal de Ramésou, ils posèrent leur fardeau.

Sobek s'approcha du général.

— Un imprévu.

— L'accès au puits n'a-t-il pas été dégagé ?

— Si, si… Mais il y a une personne inattendue.

— Qui donc ?

— Une femme.

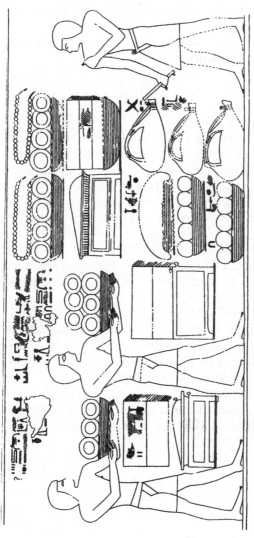

Nourritures, mobilier et divers objets précieux accompagnent
le « Juste de voix » dans l'autre monde.
(Tombe de Rekhmirê.)

12

Ramésou s'avança.

Retenue par deux policiers gardant l'accès au caveau, se tenait Sékhet, plus belle que jamais. Le visage grave, elle fixa le général, stupéfait.

— Vous, ici…

— Je viens assister aux funérailles de mon fiancé.

Ramésou avait décidé que cette jeune femme serait son épouse ; se croyant amoureuse de Setna, elle l'avait repoussé. Aujourd'hui, elle était délivrée de l'illusion.

— Lâchez-la, ordonna-t-il aux policiers, sous l'œil étonné de Sobek.

Il s'approcha d'elle, immobile comme une statue.

— La mort de mon frère est une tragédie, Sékhet ; le destin en a décidé ainsi, il faut l'accepter.

— Quelle mort ?

— Sékhet…

— Le sarcophage n'est-il pas vide ?

— Setna s'est noyé, nous n'avons pas retrouvé son corps.

— La version officielle ne m'intéresse pas.

— C'est la seule vérité !

— Et s'il en existait une autre ?

— Je comprends votre peine, Sékhet, mais céder à de faux espoirs est inutile.

La jeune femme regarda autour d'elle.

— Je désire rendre hommage à Sa Majesté et je n'aperçois pas notre souverain.

— Mon père est retenu à Pi-Ramsès.

— Ne te moque pas de moi, Ramésou ! Si son fils était mort, le roi conduirait ses funérailles !

Le général pâlit.

— Sa Majesté ne croit pas au décès de Setna, insista Sékhet, et toi non plus !

— Les témoignages sont formels : mon frère a péri noyé.

— Les as-tu examinés de près ?

Ramésou ne s'attendait pas à cette question.

— Pourquoi en douter ?

— Te voilà bien naïf, Ramésou ! Ne serais-tu pas l'objet d'une manipulation… ou son auteur ?

— Sékhet… Comment osez-vous formuler une telle supposition ?

— Oses-tu affirmer que Pharaon croit à la mort de Setna ?

— Je… Je ne peux pas parler en son nom !

La jeune femme passa devant le général et s'adressa aux membres du cortège funéraire.

— Ces funérailles sont une mascarade, déclara-t-elle avec force ; le prince Setna est vivant.

Les porteurs d'offrandes se regardèrent l'un l'autre ; à quel mensonge les associait-on ?

— Je suis prêtresse de la déesse-Lionne Sekhmet et vous mets en garde contre la célébration d'un rituel inadéquat qui mécontentera les dieux. Vous, complices de cette forfaiture, en subirez les conséquences.

Les porteurs s'éloignèrent pas à pas des coffres contenant les objets destinés à la sépulture de Setna, et Ramésou ne leur donna pas l'ordre de retourner à leur poste. Désemparés, les ritualistes se rassemblèrent et désignèrent l'un d'eux pour s'adresser au général.

— La prêtresse dit-elle vrai ?

Le général garda le silence.

Un à un, les ritualistes quittèrent le site, imités par les porteurs d'offrandes ; ne demeurèrent que les policiers.

Abandonnés, le sarcophage vide et le mobilier funéraire ; Setna ne serait pas officiellement inhumé.

Sobek s'approcha de la jeune femme.

— Mes hommes vous ont recherchée en vain, et j'ai beaucoup de questions à vous poser.

Observant la scène en s'abritant derrière le mur d'une chapelle, le Vieux vit les policiers encadrer Sékhet.

Geb se préparait à bondir.

— Ne fais pas ça, murmura le Vieux en lui caressant le dos, ils te tueraient ; pour le moment, nous sommes impuissants.

Percevant leur présence, le babouin se dressa.

En hâte et en silence, le trio battit en retraite, guidé par Vent du Nord.

*

— Et si je refusais de te suivre ? interrogea Sékhet.

— Je serais contraint d'utiliser la force, répondit Sobek.

— La dame Sékhet est ma fiancée, intervint Ramésou ;

n'oublie pas qu'elle a subi de rudes épreuves. On n'arrête pas une victime.

— Ma destinée est liée à celle du prince Setna, affirma la prêtresse, et je le considère comme mon époux. Il faut le rechercher de toute urgence.

— La douleur vous égare, estima Ramésou ; Setna est mort noyé !

— Je veux interroger les témoins.

— Cessez de vous acharner, je vous prie !

— La disparition de Setna te comble d'aise, n'est-ce pas ?

Le général fulmina.

— C'est faux ! Au contraire, la disparition de mon frère m'affecte profondément, et je ne vous permets pas d'en douter !

— Je ne serai jamais ta femme.

Ramésou préféra ne pas envenimer la querelle ; sous le coup de l'émotion, Sékhet peinait à recouvrer ses esprits.

— Acceptez-vous de me suivre ? demanda Sobek à la prêtresse.

— Suis-je arrêtée ?

— Je souhaite seulement entendre vos explications.

Le babouin s'était calmé ; le chef de la police prit le chemin du retour, tandis que Ramésou songeait aux mesures nécessaires pour étouffer le scandale de ces fausses funérailles.

*

Sobek pouvait être fier de ses nouveaux locaux, agréables et pratiques ; les archives concernant la sécurité y seraient regroupées, les bureaux étaient de belle taille et la salle d'interrogatoire n'avait rien d'effrayant. Mis en confiance, les suspects avoueraient plus facilement.

La dignité de la dame Sékhet impressionnait Sobek ; malgré son jeune âge, elle possédait une évidente force d'âme.

Assise sur une chaise à dossier bas, elle paraissait impassible.

Sobek tourna autour de la prêtresse.

— Pourquoi vous êtes-vous enfuie et qui vous menace ?

— Des malades réclamaient ma présence. Je ne me suis pas enfuie, j'ai accompli mon devoir.

— Leurs noms ?

— Vous n'avez pas à les connaître.

— Invraisemblable, dame Sékhet ! Des assassins ont tenté de vous supprimer, les avez-vous identifiés ?

— Je ne crois pas avoir de tels ennemis.

— En ce cas, pourquoi vous cacher et ne pas retourner chez vous ?

— Quand j'aurai traité les cas urgents, j'y retournerai.

— N'essayez-vous pas d'échapper à votre père ?

— Un père est un père, et je suis sa fille.

— Autrement dit, pas de tentative d'assassinat, pas de fuite, pas d'affaire criminelle et d'inutiles inquiétudes à votre sujet !

Sékhet eut un délicieux sourire.

— Ces conclusions sont parfaites ; puis-je partir ?

— En refusant de m'accorder votre confiance, vous faites fausse route ; je ne suis pas votre ennemi.

— Mais vous êtes l'ami du général Ramésou.

— Auriez-vous des accusations à porter contre lui ?

Sékhet se leva.

— Suis-je libre ?

— Vous l'êtes.

— Accordez-moi un privilège : ne pas sortir d'ici par la porte principale. Un espion à la solde de Ramésou m'y attend.

— Entendu, vous emprunterez l'accès de service. Et j'espère que vous consentirez à me dire la vérité avant qu'il ne soit trop tard.

Une porteuse d'offrandes apporte au temple les merveilles de
la nature pour qu'elles soient sacralisées.
(D'après Champollion.)

13

Le réseau syrien du négociant Kalash, âme damnée de Kékou, avait des yeux partout. Porteurs d'eau, marchands ambulants, âniers, badauds… tous les déguisements étaient bons pour sillonner les différents quartiers de la cité. Le centre n'était pas négligé, au contraire ; les bâtiments administratifs et militaires faisaient l'objet d'observations permanentes rapportées à Kalash. Et les nouveaux locaux de la police n'échappaient pas à la règle.

Un vendeur de pommes, assis à distance respectable de l'accès de service, surveillait les allées et venues. Quand il vit apparaître la dame Sékhet, tant recherchée, il hésita sur la conduite à tenir ; le temps d'avertir son chef d'équipe, elle aurait disparu. Seule solution : la suivre, l'intercepter et l'amener à Kalash. La prime serait énorme !

La jeune femme quitta le centre de la ville et se dirigea vers le quartier des artisans. Une aubaine ! Le Syrien y comptait de nombreux alliés, et Sékhet ne sortirait pas de cette nasse. Hélas ! Il faudrait partager la prime ; le chasseur avait intérêt à intervenir au plus vite.

Sékhet eut le tort d'emprunter une ruelle peu fréquentée, bordée de petits entrepôts ; l'endroit idéal !

Le Syrien abandonna son panier de pommes et s'élança.

Sékhet entendit le bruit de pas ; en se retournant, elle aperçut l'agresseur qui la saisit à la gorge.

— Pas un cri, ou je t'étrangle !

Se débattant avec vigueur, la jeune femme contraignit le Syrien à serrer sa prise ; si elle continuait ainsi, il serait obligé de la tuer.

Soudain, une effroyable douleur au mollet ! Les doigts du Syrien s'écartèrent, Sékhet s'échappa.

Les mâchoires de Geb s'ouvrirent et se refermèrent sur la cuisse du bandit qui s'était attaqué à sa maîtresse dont il n'avait jamais perdu la trace. Le blessé brandit un poignard afin d'éventrer le chien ; volant au secours de son compagnon, Vent du Nord gratifia le Syrien d'une belle ruade. Le bras cassé, il se tassa contre un mur. Le Vieux rejoignit Sékhet.

— Décampons, recommanda-t-il.

*

— Bubastis en vue ! annonça le capitaine.

Setna contemplait le paysage du delta, formé de vastes étendues vertes parcourues de canaux et rythmées par des palmeraies ; un monde paisible, luxuriant, où s'ébattaient des milliers d'oiseaux. Les alentours de la cité consacrée à Bastet, la déesse incarnée dans un corps de chatte, étaient beauté et douceur. L'âme la plus rugueuse s'apaisait, un charme particulier enchantait les sens.

— Quelle magnifique région, murmura Fleur ; n'at-on pas envie d'y passer le reste de son existence ?

— Seule m'intéresse la recherche du vase scellé d'Osiris, rappela Setna.

— Ne nous accorderons-nous pas quelques jours de repos ?

Le scribe s'insurgea.

— Du repos... Sûrement pas !

De ses longues mains fines, Fleur saisit le poignet de Setna.

— Je comprends tes angoisses et je les partage ; ce combat, nous le livrerons ensemble et nous le remporterons. Le trésor suprême est caché à Bubastis, j'en suis persuadée, et le *Livre de Thot* te permettra de t'en emparer sans être anéanti.

Le scribe toucha le précieux document qu'une bandelette de lin, toujours immaculée, fixait à sa poitrine.

— Cette arme-là sera décisive, prédit-elle, si tu maîtrises les formules du dieu... Est-ce bien le cas ?

— Qui aurait cette prétention ?

— Ne serais-tu pas capable de les prononcer ?

— Thot en décidera.

Ressentant le trouble de Setna, Fleur n'insista pas ; à l'approche du but, il devait garder ses moyens. La démone avait besoin d'un allié efficace pour atteindre ses fins.

*

Négociant enrichi à la force du poignet, le Syrien Kalash ne s'était pas contenté de son succès. En son for intérieur, un rêve insensé : renverser le trône de Ramsès et détruire l'Égypte. Sur ce champ de ruines, il bâtirait son empire en imposant la loi de sa tribu.

Un rêve vraiment insensé ! Face à lui, un pharaon

aimé de son peuple, une armée puissante capable de repousser les redoutables guerriers hittites, un général en chef compétent, Ramésou, et des forces de police non négligeables. Bref une montagne indestructible et infranchissable... Jusqu'au jour où il avait rencontré le notable Kékou.

Personnage estimable, respecté, promis à de hautes fonctions, il cachait admirablement son jeu ! Capable de manipuler les forces du Mal, lui aussi voulait abattre Ramsès et anéantir un État soumis à la loi de Maât.

Et Kékou n'était pas un rêveur. Il disposait d'une arme inégalable, une relique qu'il transformerait en foyer de destruction contre lequel le pharaon serait impuissant. Néanmoins, le mage avait besoin de troupes pour conforter sa victoire et organiser l'avenir ; il utilisait le réseau syrien, implanté de longue date, et plus vigoureux que ne l'imaginaient les autorités.

Repéré, Kalash avait échappé à ses poursuivants et continuait à tisser sa toile ; bénéficiant de complicités dans toutes les couches de la population de Memphis, il changeait de résidence chaque soir, et sa garde rapprochée lui garantissait un maximum de sécurité. Des rapports lui parvenaient des quatre coins de la ville et lui signalaient les initiatives d'autorités désemparées.

Kékou avait besoin de temps, Kalash recrutait. Le moment venu, son armée de l'ombre, formée de dockers, de manutentionnaires, d'artisans, de commerçants et de petits fonctionnaires, déclencherait une série d'insurrections que le mage noir amplifierait. Les fidèles de Ramsès résisteraient, la confrontation serait rude et le sang coulerait à flots ; mais Kalash croyait au succès des émeutiers et au génie maléfique de Kékou.

Le triomphe acquis, le Syrien se débarrasserait de ce

sorcier encombrant et deviendrait le maître des Deux Terres.

Des cadavres d'Égyptiens jonchant les rues, les rares survivants en pleurs, les temples rasés, les maisons incendiées... Cette vision réjouissait tellement Kalash qu'il repoussa la brunette qui le caressait.

— T'ai-je déplu, seigneur ?

— Ne t'inquiète pas, tu seras payée. Va-t'en.

La fille disparut, le Syrien vida une coupe de bière.

L'agent de liaison se présenta au rapport ; la mine défaite, il s'exprima de manière précipitée.

— L'un de nos hommes a repéré la dame Sékhet.

Kalash eut un sourire féroce.

— Où est-elle ?

— Elle s'est enfuie... Son escorte a agressé notre suiveur.

— L'imbécile !

— Il est grièvement blessé.

— Qu'on l'achève ! Les incapables m'exaspèrent.

— Sékhet est de retour à Memphis, elle sortait des locaux de la police ; nous retrouverons sa trace.

— La police... N'utiliserait-elle pas la fille de Kékou comme appât ? Si nous la localisons, pas d'intervention avant mon ordre !

— La consigne sera transmise, promit l'agent de liaison ; et voici un message de Kékou.

Le petit rouleau de papyrus était rédigé selon un code connu des seuls Kalash et Kékou ; en cas de perte, le document aurait été inutilisable.

Il portait la mention « Très urgent ».

Intrigué, le Syrien déchiffra le court texte : le général Ramésou s'apprêtait à lancer une vaste offensive destinée à éradiquer le réseau memphite. La ville serait bouclée ; marine, infanterie et police interviendraient en force, et pas un délinquant ne passerait à travers les mailles du filet.

Cette réaction était prévisible, mais comment Kékou avait-il eu connaissance des plans du général, dictés par son père ? Décidément, le Syrien se félicitait d'avoir choisi un allié d'une telle envergure !

L'heure n'était pas aux réjouissances ; si Ramésou avait bénéficié de l'effet de surprise, il aurait obtenu d'excellents résultats. L'alerte donnée par Kékou permettait à Kalash de prendre les dispositions nécessaires pour mettre ses hommes à l'abri. Le temps lui était compté, il devait travailler d'arrache-pied.

— Écoute-moi attentivement, ordonna-t-il à l'agent de liaison.

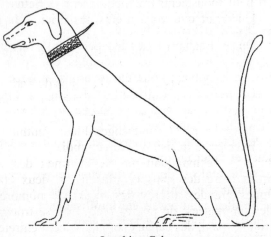

Le chien Geb.
(D'après Champollion.)

14

Sur les quais du port de Bubastis, de nombreuses femmes vendaient des fruits, des légumes et des poissons. Les clients discutaient les prix, le ton montait parfois, mais l'on finissait toujours par négocier.

Un petit moustachu interpella Fleur et Setna.

— On dirait que vous n'êtes pas d'ici... Je peux vous aider.

— Indique-nous le chemin du temple, demanda Setna.

— Le temple, vous avez bien le temps de l'admirer ! Auparavant, un bon repas dans la meilleure auberge de la ville vous réjouira le cœur.

— Pourquoi pas ? s'interrogea Fleur, mutine.

— Excellente décision ! Suivez-moi.

Bubastis ne manquait pas de charme ; des villas réparties entre des maisons blanches à deux étages, quelques grandes artères desservant de nombreuses ruelles ombragées, de petites places où se trouvaient des fours à pain, des canaux soigneusement entretenus.

Et un nombre incalculable de chats, animaux sacrés de la déesse Bastet.

L'auberge était un établissement animé, peuplé

d'une clientèle variée ; on y servait de la bière et l'on y dégustait viandes, poissons, légumes et pâtisseries. Le rabatteur installa le couple à une table et leur commanda des spécialités.

Setna était gêné, Fleur détendue ; elle apprécia les radis, la laitue et les pintades rôties. Conquis par la bonne humeur de sa compagne, le scribe goûta les mets à son tour.

Au terme du repas, le patron de l'auberge, un barbu ventripotent, salua les convives.

— Satisfaits, mes amis ?

— Un régal ! déclara Fleur.

— Mon cuisinier s'est surpassé... Maintenant, il faut payer.

— Je suis scribe, révéla Setna, et je peux vous aider à rédiger des documents administratifs.

— J'ai une autre idée... En échange de cet excellent déjeuner, tu laveras les plats, et cette ravissante jeune femme me donnera du plaisir.

Le jeune homme se leva.

— Tu divagues, tu...

Deux costauds s'emparèrent de Setna et le traînèrent aux cuisines. Le patron dévisagea Fleur.

— Te montreras-tu compréhensive, petite ?

— Ai-je le choix ?

— J'apprécie les filles intelligentes.

Mutine, elle le suivit sans discuter. Le patron de l'auberge lui ouvrit la porte de sa chambre, une belle pièce attenante à une salle d'eau ; recouvrant une large natte, des coussins colorés.

— Tu aimeras ce confort, ma belle !

— Puis-je me rafraîchir ?

— Mets-toi à ton aise et parfume-toi !

Quand elle ressortit de la salle d'eau, Fleur était nue, et l'excitation de l'aubergiste bien visible.

— Jamais vu une beauté pareille...

— Pardonne-moi, je dois encore me coiffer.

Lorsque le peigne ordonna les longs cheveux noirs en un geste d'une grâce exquise, le bonhomme ne résista pas. Fou de désir, il se jeta sur sa proie.

Les dents du peigne tracèrent un sillon sanglant du front jusqu'aux genoux.

Quelques instants, le blessé resta tétanisé ; puis la douleur déferla, et ses hurlements figèrent l'auberge entière.

D'un coup de pied, Fleur renversa le déchet, se rhabilla et courut aux cuisines où le personnel avait cessé le travail.

— Allez secourir votre patron, ordonna-t-elle ; il a été victime d'un malaise.

Prenant Setna par la main, elle l'emmena hors de ce piège.

— Excellent déjeuner, commenta-t-elle ; à présent, rendons-nous au temple de Bastet.

*

D'ordinaire, la navigation était interdite la nuit ; en raison des circonstances, le général Ramésou avait ordonné à plusieurs bâtiments de guerre d'arriver à l'aube au port de Memphis et d'établir un blocus. Aucun navire ne servirait de refuge à des fugitifs.

Aux premiers rayons du soleil, l'infanterie et les forces de police se déployèrent ; la coordination n'était pas une mince affaire et, d'après les premiers rapports, Ramésou pouvait se féliciter de la discipline de ses troupes et de leur professionnalisme ; quant à Sobek, il ne regrettait pas son entière collaboration.

Avant la fin de la première heure du jour, Memphis était bouclée.

En se réveillant, les habitants découvrirent l'incroyable dispositif ; contrôles et interrogatoires débutèrent. Les officiers donnèrent tous la même explication ; ils étaient à la recherche d'un dangereux criminel syrien, Kalash, et de ses complices, coupables de mille et un délits. Qui les mettrait sur la bonne piste toucherait une prime.

L'information se propagea et, vu la juste cause ainsi exposée, la population resta calme ; les libertés n'étaient pas bafouées, le général Ramésou et le chef de la police Sobek voulaient augmenter la sécurité des habitants.

La quasi-totalité des maisons des quartiers populaires furent fouillées, l'ensemble des dockers interpellés, des dizaines d'artisans et de commerçants arrêtés ; les enquêteurs n'oublièrent pas le personnel des riches villas, à l'exception de celle de Kékou, placée sous haute surveillance ; Ramésou souhaitait savoir si des fugitifs tenteraient de s'y réfugier.

Des délateurs dénoncèrent leurs voisins, les accusant de mille maux ; il fallut trier le bon grain de l'ivraie et disculper des innocents. À la fin de la journée, un travail énorme avait été accompli.

Ramésou et Sobek se retrouvèrent au palais.

— Première satisfaction, dit le chef de la police : aucune bavure, ni bagarre ni échauffourée. Les Memphites ont compris et approuvé notre démarche.

— J'ai les mêmes échos, indiqua le général.

— Côté résultats, nous avons mis en prison des

voleurs qui ont avoué leurs forfaits, un négociant malhonnête et deux artisans fabriquant des produits douteux.

— Des Syriens ?

— Pas le moindre, avoua Sobek.

— Donc, pas de Kalash ?

— Pas de Kalash.

— Échec total ! tonna Ramésou ; les dockers syriens sont en règle, et personne ne nous a fourni un renseignement sérieux. Ce tueur et sa bande nous ont filé entre les doigts.

Déçu, Sobek ne pouvait prétendre le contraire.

— Échec relatif, rectifia-t-il ; nos filets ne sont pas vides.

— Du menu fretin ! Seul Kalash m'intéressait... Et nous ne tenons même pas l'un de ses hommes !

— Ce n'est pas certain ; des interrogatoires poussés nous fourniront peut-être des résultats.

Les traits de Ramésou se durcirent.

— Poussés... Que veux-tu dire ?

— Face aux fortes têtes, la douceur est parfois inopérante ; et d'autres méthodes...

— La torture est interdite en Égypte, rappela Ramésou ; si tu l'utilises, je te briserai.

— Telle n'était pas mon intention !

— Tant mieux, Sobek.

Un officier demanda audience.

Fatigué, le général n'avait pas envie de l'entendre. Son aide de camp insista.

— D'après lui, c'est urgent.

— Bon, qu'il vienne.

Chargé du secteur nord de la ville, l'officier était un homme mûr qui avait combattu les Hittites.

— Général, une excellente nouvelle ! Nous avons arrêté un porteur d'eau, parce qu'il détalait ; il prétendait avoir eu peur de nous, a refusé de donner son nom et de nous indiquer son domicile. Étant donné ses réticences, je lui ai annoncé qu'il serait jugé et condamné à une lourde peine. Effrayé, il a craqué ! Il appartient à un réseau syrien, et son rôle consiste à observer les rondes de policiers dans le quartier des artisans et à en rendre compte à son chef. Ce chef, c'est Kalash !

— Peut-il nous indiquer son repaire ?

L'officier arbora une mine réjouie.

— Il le peut.

Commandée par le général Ramésou, l'armée égyptienne tente de mettre fin à un complot terroriste.
(D'après Champollion.)

15

— Il nous faut un refuge, préconisa le Vieux, et…

— Non, trancha Sékhet, j'en ai assez de me cacher.

— Les Syriens à la solde de ton père t'ont repérée ! Nous avons survécu de justesse, mais tu es en danger de mort !

— Là où nous allons, nous serons en sécurité.

Percevant les intentions de la prêtresse, Vent du Nord prit la direction du temple de la déesse-Lionne ; vigilant, Geb signalerait le moindre danger. Bien qu'il jugeât cette démarche insensée, le Vieux fut contraint de suivre. D'abord, le quatuor n'échapperait pas aux observateurs du réseau syrien, répandus à travers la ville ; ensuite, les gardes du temple refouleraient la jeune femme ou alerteraient la police. Bref, il faudrait retraverser la ville pendant la nuit, à la recherche d'un abri ! De quoi décourager le caractère le mieux trempé.

S'accordant sur le chemin à suivre, l'âne et le chien évitèrent les points chauds et adoptèrent un itinéraire en spirale qui aboutit à la petite porte nord du vaste domaine de Sekhmet.

Le soleil se couchait, la relève de la garde se préparait.

Armés de gourdins, deux costauds interdisaient aux profanes l'accès des lieux. D'ordinaire, pas d'incident à signaler ; seuls quelques ritualistes utilisaient cet accès, proche du laboratoire.

À la vue de la jeune femme et de son escorte, ils ne cachèrent pas leur étonnement.

— Passez votre chemin, ordonna le plus âgé.

La prêtresse soutint son regard.

— Annonce la ritualiste Sékhet à la Supérieure.

— Tu te moques de moi !

— Dépêche-toi, ou il t'en cuira.

— Des menaces ?

— Surtout, ne tarde pas.

— Pensais-tu m'effrayer ? Disparais, sinon toi et ta petite troupe tâterez de mon bâton !

Le regard de Sékhet se transforma. Une lueur farouche l'anima, le Vieux crut qu'une flamme en jaillissait et frappait le front du garde.

Le gaillard se liquéfia.

— La dame Sékhet... Je vous annonce.

L'attente fut de courte durée, la petite porte s'ouvrit.

Le second garde s'interposa.

— Vous seulement, pas le vieillard et les animaux !

— Ce sont mes serviteurs, ils m'accompagnent.

La fermeté du ton le dissuada d'insister.

— Inutile de me guider, précisa Sékhet.

Suivie de ses compagnons, elle longea le laboratoire, traversa un jardin réservé aux plantes médicinales, contourna le temple et rejoignit l'aire réservée aux demeures des permanentes qui ne quittaient plus l'enceinte sacrée. L'une des petites maisons blanches était celle de la Supérieure.

À soixante-dix ans passés, elle jouissait d'une

autorité incontestée, et personne ne s'aventurait à discuter ses décisions ; d'aucuns affirmaient qu'elle lisait dans les pensées et que ses colères, comme celles de la lionne divine, étaient dévastatrices. En sa présence, les menteurs perdaient leurs moyens.

À peine Sékhet s'approchait-elle que la Supérieure apparut sur le seuil de son modeste domaine. Petite, maigre, simplement vêtue, elle paraissait inébranlable.

— Te voilà de retour, Sékhet... Je ne t'attendais pas si tôt.

— Le temple est mon dernier refuge.

— Malheureusement, et tu le sais, les membres du personnel temporaire ne sont pas soumis au secret et parleront de ta présence ici. Je n'ai pas les moyens d'assurer ta sécurité.

— J'ai rencontré la lionne de Sekhmet, révéla la jeune femme.

Les yeux de la Supérieure brillèrent.

— Prouve-le-moi.

Sékhet dénuda son épaule gauche. La Supérieure s'approcha et contempla la marque gravée par la griffe du fauve divin.

— Tu l'as rencontrée, et tu es vivante... Une rude étape a été franchie, Sékhet, et les mystères que tu as vécus dans ce temple commencent à s'incarner en toi. Le chemin sera encore long, les dangers multiples ; en se manifestant ainsi, la déesse a reconnu tes capacités.

— Je désire les exercer, déclara Sékhet ; permettez-moi d'être l'une des soignantes de ce temple.

— En y résidant, tu attireras l'attention et tes ennemis sauront t'atteindre.

— La déesse ne me protégera-t-elle pas ?

— Je t'aurais mise en garde.

— Alors, vous acceptez !

— L'une des permanentes vient de mourir, sa maison est libre ; tu peux l'occuper. Et je suppose que tu souhaites garder auprès de toi ton vieux serviteur, ton âne et ton chien ?

— Ce sont mes fidèles compagnons.

— Après-demain, tu soigneras les premiers malades ; montre-toi efficace.

*

La responsable des herbes médicinales conduisit Sékhet à son nouveau logement, d'une parfaite propreté : une antichambre où figurait le buste d'une ancêtre, initiée aux mystères de Sekhmet ; une salle à manger, équipée de banquettes ; deux petites chambres, pourvues de nattes, de coussins et de meubles de rangement ; une salle d'eau, dotée des équipements indispensables.

Geb choisit la meilleure natte, Vent du Nord s'installa à l'écurie voisine qu'occupaient deux ânes, qui lui prêtèrent aussitôt allégeance et lui laissèrent leur part de luzerne ; grand seigneur, il leur permit de terminer leur repas avant de se rassasier.

— Ça pourrait être pire, constata le Vieux ; au moins, on dormira tranquilles.

— Nous ne manquerons pas de travail, précisa Sékhet ; acceptes-tu de me seconder ?

— Ai-je déjà refusé ? Reste un problème : boit-on du vin dans les parages ?

— Rassure-toi, la déesse ne l'interdit pas.

— Bon, l'endroit ne me déplaît pas.

Admiratrice de Sékhet, une prêtresse apporta un repas composé d'une purée de fèves, de lamelles de poireaux et d'une compote de pommes ; s'y ajoutait une jarre d'un rouge dépourvu de corps, mais gouleyant.

L'espoir renaissait.

*

N'exprimant jamais ses sentiments, la Supérieure du temple de Sekhmet ressentait une joie rare : celle de voir une jeune prédestinée progresser sur le chemin de l'initiation aux mystères. Avoir des dons ne suffisait pas ; encore fallait-il les mettre au jour et au service d'autrui. Quoique Sékhet en fût capable, les forces du Mal ne l'empêcheraient-elles pas de réussir ?

La rencontre de la lionne avait été un moment crucial. Combien d'incapables et de timorées avait-elle dévorées ? En lui résistant, en devenant sa disciple, Sékhet avait acquis une force dont elle ignorait l'intensité. De tels pouvoirs n'écrasaient-ils pas l'être qui en était dépositaire ?

Sékhet aurait pu savourer l'existence paisible d'une jeune fille riche et se contenter d'être une excellente thérapeute parmi d'autres ; une flamme différente l'animait et l'incitait à franchir de redoutables portes donnant accès aux secrets de la vie. La Supérieure espérait lui transmettre des enseignements émanant de la déesse pour l'amener à façonner son propre génie, mais Sékhet disposait déjà d'une puissance lui permettant d'affronter les démons de l'enfer.

Au milieu de la journée, la prêtresse fut informée de l'opération d'envergure lancée par le général Ramésou et le chef de la police Sobek ; militaires et forces de l'ordre parcouraient Memphis et procédaient à des interrogatoires, souvent suivis d'arrestations. D'après un témoignage fiable, l'opération consistait à démanteler un réseau syrien que dirigeait Kalash, un redoutable tueur.

Un officier supérieur se présenta à la porte principale du temple ; avertie, la Supérieure alla à sa rencontre.

— Je désire fouiller les lieux, annonça-t-il.

— Le domaine sacré de Sekhmet est inviolable, rappela sèchement la vieille dame.

— Nous devons arrêter un criminel et…

— Je t'autorise à inspecter les locaux des temporaires et à les interroger, ce sera ma seule concession.

L'officier savait que les pouvoirs de la Supérieure, représentante de la lionne divine, pouvaient être terrifiants ; aussi n'insista-t-il pas. D'ailleurs, Kalash ne se cachait certainement pas dans l'enceinte du temple.

La déesse-Lionne, tantôt Sekhmet « la Terrifiante », tantôt Tefnout le feu créateur, est la maîtresse de l'énergie, tantôt destructrice, tantôt fécondatrice.
(D'après Champollion.)

16

Face à l'impressionnant général Ramésou, visible-
ment animé d'une fureur vengeresse, le porteur d'eau,
mains et pieds ligotés, baissa les yeux.

— Je n'ai commis aucun crime, balbutia-t-il, je suis
innocent !

— En ce cas, pourquoi as-tu tenté de t'enfuir ?

— J'ai eu peur des soldats !

— Qu'as-tu à te reprocher ?

— Rien, vraiment rien !

Sobek commençait à s'énerver.

— Naguère, tu étais plus bavard !

— J'ai raconté n'importe quoi ! Je suis un simple
porteur d'eau et...

Le chef de la police lui saisit le menton.

— Ça suffit, mon gaillard ! Tu t'es enfui parce que
tu appartiens au réseau de Kalash ! Es-tu syrien ?

— Non, non... Je suis né à Memphis, de parents
memphites.

— Qui t'a engagé ?

— Personne, je vous assure !

Sobek se tourna vers Ramésou.

— Ce bonhomme se moque de nous ; laissez-moi le secouer un peu.

Le regard complice, le général regarda ailleurs.

— Je ne veux rien voir. Le chef Sobek déteste les menteurs, leur brise les os et leur fracasse le crâne ; c'est long et douloureux.

Le policier releva le prisonnier.

— À nous deux !

— Oui, j'appartiens au réseau syrien, comme nombre de petites gens, et c'est Kalash lui-même qui m'a engagé !

Sobek sourit.

— C'est mieux, beaucoup mieux ! Et il se cache où, ce Kalash ?

— Si je vous le dis, il me tuera.

— On l'arrêtera avant ; et si tu ne parles pas, c'est moi qui te tuerai.

Le porteur d'eau ne prit pas la menace à la légère.

— En échange, marmonna-t-il, je voudrais être bien traité.

Ramésou le dévisagea.

— Tu as ma parole.

— Vous me donnerez à manger ?

— Cellule propre et nourriture correcte, promit Sobek.

Le porteur d'eau hésita.

— Dépêche-toi, exigea Sobek, ma patience est à bout.

— Le repaire de Kalash est introuvable…

— Et toi, tu connais son emplacement ?

— J'étais chargé de lui apporter de l'eau.

— Où se cache-t-il ? demanda Ramésou, sévère.

— Sous la maison de l'ancien maire, un souterrain a été aménagé. À la moindre alerte, il s'y réfugie. D'ordinaire, il bénéficie d'une multitude de guetteurs ;

à cause de votre opération, ils se sont dispersés. Et Kalash se terre dans son trou, en attendant la fin de l'orage. Vous… vous tiendrez vos engagements ?

— Emmenez-le, ordonna Sobek à ses subordonnés.

*

La maison de l'ancien maire, un corrompu vendu à Kalash qui l'avait assassiné pour l'empêcher de parler, était devenue propriété de l'État et serait transformée en local administratif. Comment imaginer qu'elle servait d'abri à un criminel ?

En fin de compte, Ramésou avait eu raison de ratisser Memphis avec l'espoir de dénicher un délateur qui lui offrirait la tête du réseau syrien ; et cet espoir se concrétisait. Bientôt, il amènerait Kalash au pharaon et, si Kékou était lié au complot d'une manière ou d'une autre, le notable subirait un juste châtiment.

Restait un sujet de préoccupation.

Alors que des militaires et des policiers entouraient la demeure de l'ex-maire, le général interpella Sobek, occupé à distribuer des consignes précises. Cette fois, le criminel ne leur échapperait pas.

— Que t'a apporté l'interrogatoire de Sékhet ?

— Malheureusement rien ; j'ai été contraint de la relâcher.

— L'as-tu fait suivre ?

— Ç'eût été illégal.

— L'aurais-tu… perdue ?

— Je n'avais pas le choix !

— Je n'apprécie pas ce comportement, Sobek.

— Ne seriez-vous pas respectueux de la loi, général ?

— Nous verrons cela plus tard ; pour le moment,

occupons-nous de ce Syrien. As-tu pris les précautions nécessaires ?

— Soyez tranquille.

— Tu seras responsable d'un échec.

Officiers et adjoints se présentèrent au rapport : pas de faille dans le dispositif d'encerclement.

— À vous de lancer l'assaut, général.

— Allons-y !

La coordination fut excellente, et Ramésou se félicita de la qualité de ses troupes. La rigueur de l'entraînement donnait d'excellents résultats, et il se promit de ne pas la relâcher. En quelques instants, toutes les pièces de la vaste villa furent occupées et sécurisées.

Pas âme qui vive.

Restait la cave, où avait été creusé le souterrain.

Les soldats ne tardèrent pas à découvrir une trappe, cachée sous des jarres vides ; ils l'ouvrirent avec précaution, redoutant une réaction violente des occupants.

Rien ne se produisit.

Un premier fantassin, muni d'une torche, descendit une échelle de corde, aussitôt suivi de ses camarades, prêts à riposter. Ils aboutirent à l'entrée d'un tunnel au plafond bas.

Le piège parfait !

Un volontaire s'y engagea en rampant ; l'affrontement était inévitable.

Là encore, calme plat.

Le tunnel débouchait sur une petite pièce carrée, aux murs grossièrement taillés ; allongé, un barbu décharné aux côtes apparentes. Près de lui, une jarre d'eau et des galettes. L'homme respirait à peine.

Les soldats examinèrent l'endroit et n'y découvrirent aucune arme. Deux soulevèrent le décharné et le sortirent à l'air libre. Comme il était incapable de tenir debout, ils l'assirent contre le mur de la maison.

— Mission accomplie, général, annonça un officier ; nous n'avons trouvé que cet agonisant. À mon avis, ce sont ses derniers moments.

À la vue du malheureux, Ramésou et Sobek partagèrent cette opinion.

— Ton nom ? demanda le général.

Le mourant entrouvrit les yeux. Perdu, il cherchait en vain un point de repère.

— Ton nom ?

— Je m'appelle… Kalash.

— Le chef du réseau syrien ?

— Le chef… Oui, le chef…

— Tes amis t'ont abandonné et trahi.

— J'ai… J'ai soif !

Un soldat lui mouilla les lèvres.

— Qui te donnait des ordres ? interrogea Ramésou.

— Personne… Le chef, c'était moi.

— N'obéissais-tu pas au notable Kékou ? insista Sobek.

— Le chef…

La mâchoire se crispa, les yeux se révulsèrent, un ultime soupir jaillit de la maigre poitrine.

— On s'est moqué de nous ! ragea Sobek ; ce débris n'est pas Kalash !

— Notre informateur va s'expliquer, estima le général ; et je te laisserai appliquer tes méthodes.

*

La prison où avait été incarcéré le porteur d'eau ressemblait à un essaim en folie ; les gardes couraient en tous sens, on s'apostrophait, on déplorait l'absence de responsable.

La voix puissante du général ramena le calme.

— Que se passe-t-il ?

Décomposé, un gradé osa affronter Ramésou.

— La prison a été attaquée... Une dizaine d'hommes armés et masqués. Ils ont assommé les gardiens et libéré le prisonnier. Quant l'alerte a été donnée, c'était trop tard. J'ai lancé plusieurs patrouilles à leur recherche.

Le gradé s'attendait à une sanction exemplaire ; mais le général, effondré, se détourna, et Sobek, abasourdi, demeura muet.

L'opération des forces de l'ordre était un échec total et, de plus, l'ennemi bafouait l'armée et la police égyptienne au cœur de la capitale économique du pays !

— Nous les retrouverons, déclara Sobek.

— Le réseau syrien m'a humilié, constata Ramésou, et j'assumerai mes responsabilités devant le roi. Toi, tu as correctement travaillé et tu resteras à ton poste ; moi, je renonce à une stratégie inefficace.

— Souhaitez-vous cependant de nouvelles fouilles ?

— Inutile d'indisposer la population, l'armée se retire ; poursuis l'interrogatoire des suspects et recueille d'éventuels indices. Peut-être arrêteras-tu quelques membres du réseau de Kalash.

— N'oubliez pas un suspect majeur : le notable Kékou, qui a tenté de m'assassiner ! Et s'il était le grand manipulateur ?

Une horrible hypothèse traversa l'esprit du général : les Syriens disposaient-ils de complices et d'informateurs au sein de l'armée ? Cette gangrène expliquerait le désastre et empêcherait Ramésou de terrasser l'ennemi.

Une seule parade : faire appel à des alliés ne dépendant pas du milieu militaire et jouissant d'une totale liberté d'action. Certes, le général devrait ravaler son orgueil et reconnaître ses faiblesses, mais son faux pas lui imposait la conduite à suivre.

17

Réfugié à l'extérieur de Memphis en compagnie de ses principaux lieutenants, Kalash éclata de rire en apprenant la déconvenue du général Ramésou. En dépit du déploiement de forces, l'essentiel du réseau syrien restait intact ; interrogatoires et arrestations fourniraient de médiocres résultats, et Kalash remplacerait aisément les petites gens qui seraient éliminées. Les Syriens régnaient par la terreur, leurs recrues tenaient à la vie et les craignaient davantage que les autorités.

Déjà, les troupes se retiraient de la ville, et l'étau se desserrait ; le cours de l'existence normale, au moins en apparence, ne tarderait pas à reprendre, et Kalash en profiterait pour augmenter le nombre de ses exécutants.

Dans un premier temps, un calme rassurant régnerait ; et le régime en place se rassurerait, croyant à l'extinction du réseau. Peu à peu, les dockers syriens reprendraient le contrôle du port de Memphis et prélèveraient des taxes occultes sur les marchandises afin d'accumuler un trésor de guerre.

Au moment voulu, Kékou déciderait des interventions nécessaires ; encore fallait-il qu'il fût tenu informé des derniers événements. Sans l'aide du mage,

Kalash aurait été arrêté et condamné ; l'étendue de ses pouvoirs garantissait un brillant avenir.

Le Syrien rédigea un rapport détaillé en langage crypté et fixa le document, un petit papyrus, à la patte d'un pigeon qui volerait jusqu'à la terrasse de la villa de Kékou. Le même oiseau lui reviendrait, avec la preuve de la bonne réception du message.

Kalash omit d'évoquer le petit piège tendu à Ramésou grâce à l'un de ses meilleurs agents, un porteur d'eau qu'il avait fait libérer après ses aveux de pacotille. Le général s'était ridiculisé en interpellant le faux Kalash ! Affaiblir le puissant fils aîné du roi était un vif plaisir.

*

Le temple de Bubastis ne manquait pas de majesté. Une vaste esplanade plantée de sycomores entre lesquels étaient disposés des autels recevant des offrandes quotidiennes, un pylône imposant, une porte d'accès monumentale recouverte d'or, une cour à ciel ouvert accueillant les participants aux fêtes de la déesse, de nombreuses salles composant le temple couvert où n'étaient admis que les initiés aux mystères. À proximité de l'édifice, des ateliers, des entrepôts, une brasserie, une boulangerie et des cuisines. Comme les autres sanctuaires égyptiens, celui de Bastet était un centre à la fois spirituel et économique ; là, les richesses de la province étaient purifiées, inventoriées et redistribuées.

Une magnifique chatte noire vint se frotter contre le mollet de Setna ; dès la première caresse, elle ronronna.

— Tu as séduit le génie des lieux, observa Fleur ;

en ta qualité de fils de roi, tu verras toutes les portes s'ouvrir devant toi.

— Illusion dangereuse, rétorqua le scribe ; si le mage noir a caché ici le vase d'Osiris, il bénéficie de complicités. En révélant mon identité, je deviendrais la cible de ses infiltrés.

Les yeux remplis d'admiration, Fleur contempla le prince.

— Ton intelligence me séduit ! Je croyais à une victoire facile et je me trompais. Quel est ton plan ?

— Être engagé parmi les temporaires, découvrir le site et percer ses secrets. Naguère, une tombe maudite, bardée de défenses magiques, abritait le vase scellé ; imagines-tu les précautions prises par le voleur afin de préserver ce trésor inestimable ? De multiples pièges en interdiront l'approche, le moindre faux pas nous sera fatal.

— Ne poursuis-tu pas… un but inaccessible ?

— J'ai juré à mon père de tout entreprendre pour retrouver le vase ; c'est le sort même du pays qui est en jeu. Je comprends tes craintes et je ne te reprocherais pas d'abandonner une aussi périlleuse aventure.

La jeune femme feignit de réfléchir.

— Il existe des perspectives plus calmes… Mais je t'ai sauvé de la noyade, et nos destins sont liés ! Tu m'inspires tellement confiance que je suis persuadée de ton succès.

— Surtout, ne mésestime pas les risques.

— Je préfère une vie intense et brève à une existence longue et ennuyeuse. Participer à cette quête, n'est-ce pas une chance ?

— Peut-être as-tu raison.

La démone continuait à se distraire ; en procédant

par petites touches, elle commençait à émouvoir le jeune homme et à le déstabiliser. Et ce n'était qu'un début ! Quand il deviendrait son amant, elle dévorerait son âme.

— Je proposerai mes talents de scribe, décida Setna ; et toi ?

— Je connais l'art des parfums.

— C'est une spécialité très recherchée ! Le laboratoire du temple sera heureux de t'accueillir.

— À mon avis, avança Fleur, nous devrions jouer au mari et à la femme ; on nous accordera un logement où nous pourrons converser en toute quiétude.

Gêné, Setna admit la pertinence de l'idée ; ce simulacre leur permettrait d'échanger aisément les informations recueillies au cours de la journée.

La chatte noire continuait à ronronner, mais le temple apparut soudain au fils du roi comme un monde hostile et inquiétant ; la présence de la relique osirienne, à supposer qu'elle fût déjà transformée en source d'énergie négative, ne le rendait-il pas redoutable ? En franchissant le seuil de l'aire sacrée, Setna ne serait-il pas anéanti ?

*

Les employés du temple de Bastet se présentèrent au poste de contrôle. Certains travaillaient une journée, d'autres une semaine, d'autres encore un mois ou davantage, en fonction des besoins. Ce matin-là, la file d'attente était longue, car l'on préparait une fête, et l'on requérait les services d'aides cuisiniers et pâtissiers.

— Que sais-tu faire, toi ? demanda le recruteur à Setna.

— Lire et écrire.

— Ah…

— Et mon épouse est parfumeuse.

— Ah ! Ça ne relève pas de mes compétences. Mettez-vous de côté, j'appelle le responsable.

Le couple patienta un long moment.

Un homme rugueux, au crâne rasé, les aborda sans ménagement.

— Toi, le garçon, écris : « J'ai l'intention de rédiger des documents au service de la déesse Bastet. »

Il tendit à Setna une palette de scribe et le matériel adéquat.

Le jeune homme s'assit et, avec calme, délaya de l'encre noire, y trempa un pinceau et rédigea le texte demandé.

Le rugueux examina le résultat.

— Écriture fine et précise, syntaxe impeccable… Où as-tu appris ton métier, mon garçon ?

— À Memphis. J'ai eu un bon maître.

— Aimerais-tu rédiger les tableaux de service des ritualistes de ce temple ?

— Je tenterai de remplir au mieux cette tâche.

— Pourquoi as-tu quitté Memphis ?

— À cause de moi, intervint Fleur ; nous nous sommes mariés là-bas, mais je suis originaire de Bubastis et désirais revenir.

— Et tu prétends connaître l'art des parfums ?

— Éprouvez-moi.

— J'en avais l'intention ! Suis-moi, jeune femme, je te conduis au laboratoire ; les spécialistes ne sont pas tendres, crois-moi, et je saurai vite si tu t'es vantée.

Détendue, Fleur obtempéra.

Setna, lui, était inquiet. Entre le goût pour les odeurs suaves et la science consistant à les produire, il y avait un abîme ! Face à des spécialistes aguerris et exigeants, Fleur serait rejetée.

La file des temporaires s'épuisa, l'heure avançait. Son travail terminé, le contrôleur s'épongea le front, but de l'eau et en offrit à Setna.

— Bois, mon gars ! La journée sera chaude. T'inquiète pas, ils te la rendront, ta femme ! Les barbons du laboratoire, ils n'acceptent personne.

Quand Fleur réapparut, elle semblait toujours très à l'aise.

— Nous sommes engagés, révéla-t-elle, radieuse, et l'on nous attribue un logement.

— Tu les as convaincus…

— Je leur ai dévoilé une recette inédite et j'en ai promis d'autres. Nous voici dans la place, Setna.

18

Son rapport terminé, le général Ramésou le confia à un officier de liaison, qui emprunta aussitôt un bateau à destination de la capitale, afin de le remettre au roi. Son fils avouait l'ampleur de son échec et renonçait aux méthodes militaires, d'une totale inefficacité ; Kalash était toujours en liberté, et le réseau syrien intact. Et pas l'ombre d'un renseignement à propos du vase scellé d'Osiris ! Reconnaissant son erreur, le général allait donc changer de stratégie et revenir à celle préconisée par Ramsès.

Alors qu'il quittait le palais pour se rendre à la caserne principale de Memphis, Sobek brisa son élan.

— J'ai retrouvé la dame Sékhet, annonça fièrement le chef de la police.

— Où se cache-t-elle ?

— Au temple de la déesse-Lionne. Ma nouvelle équipe a vérifié des rumeurs émanant de temporaires trop bavards.

— Au temple de Sekhmet... En es-tu certain ?

— Certain. Je vous préviens, la Supérieure n'est

pas commode, et je n'ai pas le droit d'intervenir à l'intérieur de l'enceinte sacrée.

— Moi non plus, reconnut Ramésou, mais j'en forcerai la porte.

*

En se réveillant, le Vieux regarda autour de lui et referma les yeux. Était-ce un rêve, ou avait-il dormi sur une natte de première qualité, dans une chambre propre, à l'abri de tout danger ? Impossible de retourner au sommeil, il fallait affronter la réalité. Étirant sa carcasse, il songea à sa fonction d'intendant en charge du domaine de Kékou ; dès l'aube, il était accablé de mille soucis et, s'oubliant lui-même, devait se montrer à la hauteur de sa tâche. Vu le nombre d'incapables et de feignants, autant renoncer à chaque instant ! Mais le Vieux avait le culte du travail bien fait et savait redresser le bois tordu.

Tordu… C'était malheureusement le cas de Kékou, si dangereux que le Vieux, après le sauvetage de Sékhet, avait dû s'enfuir ! S'extirpant de ces pénibles souvenirs, il tâta le sol et contempla son nouveau domaine.

Pas de quoi se plaindre… Et la nuit avait été excellente ! Ses articulations fonctionnaient, le souffle était bon ; au pied de la natte, une galette, une bouillie d'orge et une petite jarre. Le Vieux ôta le bouchon et huma l'un de ces petits blancs secs qui vous redonnaient le cœur à l'ouvrage. Une goulée, et les idées noires se dissipaient ; deux, l'énergie circulait ; trois, la journée débutait !

Le petit déjeuner avalé et ses ablutions accomplies dans une salle d'eau inondée de soleil grâce à une

136

fenêtre haute, le Vieux se sentit d'attaque. En quittant la petite maison, il se préoccupa de Vent du Nord et constata que sa mangeoire était bien garnie ; l'âne, lui aussi, appréciait cette période de calme.

Des prêtresses permanentes cueillaient des plantes médicinales, couvertes de rosée.

— Bonjour, je cherche la dame Sékhet.

— Longez le jardin, puis le mur du temple, et vous aboutirez au dispensaire.

Le Vieux observa les consignes et aperçut Geb, couché sur le seuil d'un bâtiment en pierres ; gardien vigilant, il se redressa et se laissa caresser avec bonheur.

Le Vieux s'assit à côté du chien.

— Ta maîtresse est au travail ; nous, on récupère.

*

Sékhet avait souri en découvrant le nombre de remèdes mis à sa disposition. Fioles, pots et onguents contenaient des substances permettant de guérir quantité de maladies ; la thérapeute était heureuse de pouvoir utiliser sa science, acquise au cours de ses études, et d'avoir à sa portée des préparations magistrales à l'efficacité démontrée.

Sa première patiente ressemblait à un cauchemar.

Affectée aux archives, elle était laide et acariâtre. Critiquant en permanence ses collègues, elle se plaignait sans cesse de maux imaginaires afin d'obtenir des jours de congé supplémentaires.

— De quoi souffrez-vous ? lui demanda Sékhet.

L'acariâtre détestait cette jeune femme trop belle et trop intelligente. Furieuse de la voir revenir au temple, elle comptait entreprendre une campagne de calomnies.

— J'ai de la fièvre, mes poumons sont en feu.

— Asseyez-vous, je vais vous ausculter.

— Ce sera douloureux ?

— Non, rassurez-vous.

Crispée, la patiente avait un regard haineux.

— Je suis persuadée du contraire !

— Désirez-vous être soignée, oui ou non ?

L'archiviste se ratatina.

— Je suis malade, très malade.

— À moi d'en juger.

Sékhet prit le pouls de la patiente, écouta la voix de son cœur, scruta sa peau, examina son fond d'œil. Puis elle posa son diagnostic.

— C'est exact, vous êtes souffrante.

— Pourrai-je… survivre ?

— Il s'agit d'une affection pulmonaire que je connais et qu'un antibiotique[1] guérira. Une semaine de traitement suffira ; voici un premier soulagement.

Sékhet posa ses mains sur le dos de l'acariâtre, qui ressentit une agréable chaleur ; elle respira mieux, sa migraine disparut. À son grand étonnement, elle éprouva de la reconnaissance envers la thérapeute.

*

Les autres patients étaient plus aimables et moins malades ; à midi, Sékhet s'accorda une pause. En

---

1. Il était obtenu, notamment, grâce à l'utilisation médicinale de la couche inférieure des silos. *Cf.* J.O. Mills, *Beyond Nutrition : Antibiotics produced through grain storage practices, their recognition and implications for the Egyptian Predynastic,* Studies Hoffman, 1992, 27-36.

sortant du dispensaire, elle découvrit une table basse couverte d'une dizaine de plats de légumes et de poissons ; Geb dégustait un ragoût, le Vieux s'offrait une coupe de vin rouge.

— Bonne matinée ? lui demanda-t-il.

— Un peu rude... Et toi ?

— J'espérais me reposer, mais la Supérieure a décidé d'utiliser mes compétences ! Alors, je me suis occupé des livraisons de denrées et de la préparation des repas ; et ce n'est qu'un début. Ce déjeuner nous redonnera les forces nécessaires.

Les mets étaient délicieux, Sékhet ne bouda pas son plaisir.

Revigorée, elle reprit ses consultations jusqu'au soir ; un seul cas grave, impossible à traiter. Des calmants adouciraient une fin prochaine.

Au coucher du soleil, la Supérieure pénétra dans le dispensaire ; Sékhet rangeait et nettoyait.

— Tu es une vraie soignante, déclara la vieille dame, et tu sais conquérir les cœurs ; ta pire adversaire a reconnu tes compétences et se félicite de ta présence parmi nous. Malheureusement, le secret a été vite éventé, et un visiteur de marque tient à te voir. Je lui ai répondu que la décision t'appartenait.

Sékhet songea à son père, Kékou ; osait-il la défier à l'intérieur même du temple de la déesse-Lionne ?

— Le général Ramésou me paraît nerveux et impatient, précisa la Supérieure ; dois-je le renvoyer ?

Soulagée, la jeune femme avait pourtant un combat à livrer.

— Non, j'accepte de le rencontrer dans la grande cour.

Les témoins ne manqueraient pas, Ramésou serait

contraint d'adopter une attitude digne, conforme à son rang.

*

Quand Sékhet apparut, Ramésou ressentit une émotion profonde ; cette femme n'était comparable à aucune autre, elle avait une allure de reine. Sans nul doute, elle serait sienne.

Assis derrière une colonne, en compagnie de Geb, le Vieux était prêt à intervenir sous l'œil curieux de prêtresses qui ne manquaient pas d'observer la scène.

— J'ai appris que vous résidiez ici et je désirais vous rassurer ; désormais, inutile de fuir, vous êtes sous ma protection.

— Ce temple, où j'ai été éduquée, m'offre la possibilité d'exercer mon métier de médecin, en toute sécurité ; préoccupez-vous de retrouver mon fiancé, Setna.

Ramésou adopta un ton grave.

— Setna est mort noyé, Sékhet ; c'est une affreuse tragédie, mais nous devons accepter ce coup du sort.

— Puisque vous refusez de mener une enquête sérieuse, je m'en chargerai.

— J'ai mené cette enquête, et ses résultats sont indubitables.

— Tel n'est pas mon avis.

— Dû à un chagrin que je comprends et que je partage, cet entêtement ne vous conduira nulle part !

— Si, à la vérité !

— La vérité, vous la connaissez.

— Setna est vivant !

— Cessez de rêver, je vous en supplie, et souciez-vous de l'avenir ; vous serez mon épouse, Sékhet, et vous entrerez dans la famille royale. Est-il plus noble destinée ?

La jeune femme demeura impassible.

— Ce ne sera pas seulement un mariage de raison, affirma Ramésou ; vous apprendrez à m'aimer, et je saurai vous rendre heureuse.

L'absence de réaction n'était-il pas un encouragement ? Le général ne regrettait pas de s'être exprimé avec franchise. Sékhet surmonterait la perte d'un éphémère fiancé et choisirait le bon chemin.

— Setna est vivant, répéta-t-elle, et je l'aime ; jamais je ne serai votre épouse.

— Cette fidélité vous honore, et je ne vous en admire que davantage ; le temps fera son œuvre et, lorsque vous y consentirez, nous nous marierons.

— La Supérieure m'attend pour célébrer le rite du soir, indiqua Sékhet.

— Êtes-vous réellement en sécurité ?

— Soyez-en certain.

— Je renforcerai la surveillance du temple. Nous n'avons pas encore arrêté tous les fauteurs de troubles, et je ne veux pas vous voir courir de risques. Si vous quittiez cet endroit, prévenez-moi.

— Ne serais-je plus une femme libre ?

— C'est une simple demande, non un ordre.

— Recherchez votre frère Setna et retrouvez-le.

D'une démarche empreinte d'une élégance suprême, elle s'éloigna.

Le général la contempla jusqu'au moment où elle franchit le seuil du temple couvert. Sa dignité le bouleversait ; il lui faudrait la protéger contre elle-même, en attendant son consentement.

Récolte et conservation de céréales, dans des greniers soigneusement contrôlés, étaient des tâches essentielles.
(D'après Champollion.)

19

Le pigeon messager se posa sur la terrasse de Kékou ; le mage noir lui caressa la tête et délia le fil liant un minuscule papyrus à l'une de ses pattes. Il le déplia, prit connaissance de son contenu et rédigea une brève réponse. Après s'être nourri, l'oiseau la porterait à Kalash.

Excellentes nouvelles ! La vaste opération militaire lancée par le général Ramésou était un échec cuisant ; et, malgré l'aide des policiers de Sobek, seul du menu fretin avait abouti dans leurs filets. Le réseau syrien restait intact, Kalash rentrerait bientôt à Memphis afin de le développer et de conforter le contrôle du port.

Ce n'était encore qu'un début, et cette armée de l'ombre, embryonnaire, se développerait peu à peu. Le moment venu, Kékou achèterait de hauts fonctionnaires et des officiers capables d'encadrer les conquérants.

Autre information : sa fille Sékhet était enfin réapparue et avait choisi un excellent abri, le temple de la déesse-Lionne, l'un des fleurons de Memphis. Elle résidait parmi les permanentes, la plupart fort âgées, et soignait les malades que la Supérieure envoyait au dispensaire.

Sékhet n'agissait pas à la légère. Connaissant les pouvoirs de son père, elle savait qu'il ne tarderait pas à découvrir son refuge.

Donc, elle le défiait.

À jamais reliée à lui, elle lui signalait de nouveau sa présence ; refusant la peur, elle se sentait prête à le combattre en utilisant ses multiples dons.

Kékou appréciait cette attitude ; sa fille se battait, affirmait sa personnalité et prouvait ses capacités, elle, la disciple de la déesse-Lionne. Le mage n'en attendait pas moins.

— Tu me reviendras ou tu mourras, murmura-t-il ; et je vais t'imposer l'épreuve que tu appelles de tes vœux. Ne me déçois pas, ma fille chérie.

*

Setna travaillait depuis l'aube. Établir les tableaux de service des permanents et des temporaires du temple de Bastet n'était pas une mince affaire ; certes, le nouvel employé aurait dû se contenter de recopier le document, mais les incohérences le choquèrent. Aussi nota-t-il des suggestions qui permettraient d'améliorer la gestion des personnels. Alors qu'il achevait cette liste, il n'entendit pas approcher son supérieur hiérarchique.

Petit, moustachu, les yeux chafouins, attaché à son poste comme du lierre à un mur, il se méfiait de ses employés, redoutant que l'un d'eux ne parvînt à prendre sa place.

— As-tu avancé ? demanda-t-il de sa voix haut perchée.

— J'ai fini de recopier le tableau existant, mais…

144

— Mais quoi ? En fait, tu as du retard !

Setna montra sa copie.

Le moustachu l'examina longuement.

— Ça paraît à peu près correct... Il m'en faut trois autres.

— À votre guise.

— Serais-tu réticent ?

— Sauf votre respect et mon devoir d'obéissance, puis-je vous adresser une suggestion ?

Le petit tyran se raidit.

— À savoir ?

— Des améliorations me semblent souhaitables.

— Des améliorations, rien que ça ! Tu ignores un détail : l'auteur de ce tableau, c'est moi. Je connais tout de ce temple et de ses besoins, et toi, un scribe novice, tu prétends m'apprendre mon métier !

— En aucune façon, affirma Setna, paisible, et je n'ai que des propositions. Vous êtes mon supérieur, et le pouvoir de décision vous appartient.

— Ces propositions... Quelles sont-elles ?

— Les voici.

Le moustachu consulta le document. D'abord réticent, il commença à douter.

— Peux-tu les justifier ?

— Si vous le souhaitez, je donnerai mes raisons, et vous trancherez.

— Je t'écoute.

L'exposé de Setna fut bref et précis.

S'il avait été honnête, son supérieur aurait dû l'approuver ; afin de préserver son autorité, il se contenta de reconnaître le sérieux de ce travail et de retenir deux mesures secondaires. Pour le reste, il réfléchirait.

— Mes trois copies, c'est urgent ; la gestion de ce temple doit être impeccable.

— Vous les aurez demain soir.

Le moustachu était inquiet ; outre ses qualités professionnelles, ce jeune homme possédait de redoutables dons d'organisateur. Avec une rapidité inquiétante, il venait de mettre en évidence lacunes et erreurs. Une menace à ne pas négliger. S'en tiendrait-il là, se contenterait-il de son poste ou viserait-il une promotion ? En ce cas, il faudrait le briser.

*

Estimé de ses collègues, Setna découvrait le temple de Bastet. Un rôle économique majeur, des ateliers florissants, une circulation incessante de denrées, un personnel nombreux, de somptueuses chapelles dédiées à la déesse-Chatte, incarnation de la puissance bénéfique de la lumière solaire, un trésor contenant des métaux précieux... Mais ni information, ni écho, ni même rumeur concernant la présence du vase scellé d'Osiris. Selon un vieil érudit, c'était un racontar propagé par des ignorants. Certes, lors des grandes fêtes de Bubastis, on ne manquait pas de rendre hommage au premier couple royal, formé d'Isis et d'Osiris ; et Bastet, manifestation visible de l'âme d'Isis, répandait la douceur et l'amour. Le vase inaccessible, lui, n'existait que dans l'imagination des conteurs.

Admis à consulter les archives du temple, Setna n'y trouva pas d'élément relatif au vase ; de longs textes, en revanche, évoquaient la manière dont Thot, dieu de la connaissance et patron des scribes, avait transformé la lionne terrifiante, assoiffée de sang humain, en

146

chatte paisible et affectueuse. Cette mutation de l'éner-gie, indispensable à la survie, était l'un des secrets du sanctuaire, et les rites quotidiens visaient à la pré-server ; à tout moment, la chatte, pourvue de griffes, pouvait redevenir la lionne et déchirer les chairs de ses ennemis. Une vigilance permanente s'imposait, et les formules de conjuration évitaient un désastre.

Soumise au jugement des barbons du laboratoire, Fleur travaillait dur ; on lui apportait quantité de plantes qu'elle devait sélectionner afin de préparer des parfums destinés au culte de la déesse, friande d'odeurs suaves ; comme les autres sanctuaires du pays, celui de Bastet enchantait l'odorat ; le hiéroglyphe du nez ne servait-il pas à écrire le mot « joie » ?

Pendant plusieurs jours, Fleur n'échangea que des propos techniques avec ses interlocuteurs. Enfin convaincus de ses compétences, ils se montrèrent moins rébarbatifs, et la démone commença à exercer ses charmes.

D'ordinaire, à l'issue d'une longue journée de travail et d'un dîner frugal, Setna et Fleur s'allongeaient sur leur natte et s'endormaient aussitôt. Ce soir-là, la jeune femme avait les yeux brillants et but une deuxième coupe de vin.

— Ton enquête a-t-elle progressé ? demanda-t-elle.

— Aucune trace du vase osirien.

— De mon côté, une lueur...

La fatigue de Setna disparut.

— Les spécialistes du laboratoire ne me ménagent pas, avoua Fleur, et ne toléreront pas la moindre erreur. Néanmoins, j'ai réussi à les apprivoiser ; ils acceptent de parler de leur existence au temple. Certains y résident depuis trente ans et en connaissent chaque recoin. Ainsi ai-je appris que des salles du sanctuaire nous sont inaccessibles… Elles préserveraient d'inestimables richesses.

L'optimisme de Setna retomba.

— Des métaux précieux, des objets rituels… Tous les grands temples en possèdent.

— Parmi ces trésors, ajouta Fleur d'une voix fluette, l'un d'eux est *vraiment* inestimable, et aurait été apporté ici récemment.

— D'autres détails ? interrogea le scribe, intrigué.

— J'ai évité d'attirer l'attention en posant des questions, mais le responsable du laboratoire me paraît bien informé. La soixantaine, chauve, un ventre rond, la parole coupante… Il ne m'accorde pas encore une totale confiance, et je dois me montrer prudente. Trop de curiosité m'attirerait ses foudres.

Un espoir renaissait, si vague, si ténu…

— J'ai la sensation que nous touchons au but, affirma Fleur ; évitons un faux pas, et nous trouverons le vase d'Osiris.

Setna s'endormit en songeant à Sékhet ; espérait-elle le revoir vivant ? Impossible, pour le moment, de lui signaler sa présence à Bubastis sans risquer d'alerter leurs ennemis. En son cœur, Sékhet le saurait.

20

Au nouveau maire, réputé incorruptible, le superviseur des greniers Kékou présenta un rapport détaillé
sur les réserves de céréales de Memphis. Grâce à
une excellente gestion, elles avaient presque doublé,
et les habitants n'auraient rien à redouter d'une mauvaise crue. Le maire comprenait pourquoi la rumeur
annonçait Kékou comme futur ministre de l'Économie ;
autorité, compétence, sérieux... Il possédait les qualités
nécessaires. La ville perdrait un notable de premier
plan, le pays gagnerait un serviteur efficace.

En sortant de la mairie, Kékou se heurta au général
Ramésou qui venait annoncer le retrait total de ses
troupes.

— Êtes-vous satisfait de votre intervention, général ?
— Désolé, secret d'État.
— Le maire a évoqué une remarquable coordination
des effectifs ; je suis certain que vous avez obtenu
les résultats escomptés. Ainsi la ville bénéficiera-t-elle
d'une meilleure sécurité.

Gardant contenance, Ramésou approuva d'un signe
de tête.

— Je désirais vous poser une question, général :

avez-vous recueilli des informations concernant ma fille Sékhet ?

Ramésou hésita.

L'homme qu'il avait devant lui était-il un père éploré ou la pire des canailles ? Décidé à protéger sa future femme, il choisit la prudence.

— Nous avons vérifié des témoignages contradictoires, sans résultat intéressant ; Sobek, le chef de la police, poursuivra des investigations approfondies avec une nouvelle équipe. Mon instinct m'affirme que Sékhet est bien vivante.

— Ces paroles me réconfortent, général ; surtout, ne relâchons pas nos efforts.

— Soyez tranquille, Kékou.

— Je sais que je peux compter sur vous et je m'en félicite.

Le notable s'éloigna.

Ramésou était dubitatif et ne savait pas quel jugement formuler à propos de cet étrange personnage ; soupçonné d'horribles méfaits, il savait rassurer son interlocuteur et le convaincre de sa parfaite honnêteté.

Après avoir vu le maire, Ramésou se rendrait à la caserne principale de Memphis. Démarche difficile, mais urgente.

*

Dès qu'il avait appris le vol du vase scellé d'Osiris, le roi avait formé un commando composé d'un archer d'élite, Ched le Sauveur, directeur de la Maison des armes de Memphis, et de trois soldats expérimentés. À la suite de leurs échecs, le général Ramésou avait décidé de changer de stratégie en les mettant aux arrêts de rigueur et en lançant une grande opération militaire destinée à briser le réseau syrien.

Jeune et impétueux, ami intime de Setna, Ched rongeait son frein et peinait à contenir sa colère ; ses trois compagnons, eux, paraissaient impassibles et profitaient du confort relatif de la caserne.

Grièvement brûlé en tombant dans un piège tendu par Kalash le Syrien, Ougès, tueur de Hittites à la bataille de Kadesh, devait la vie aux soins de Sékhet à laquelle il vouait une reconnaissance éternelle ; grâce à ses onguents, il ne gardait que d'infimes séquelles. Le colossal rouquin, aux mains larges comme des battoirs, parlait peu et semblait se satisfaire de son sort.

Némo, un grognon capable de terrasser au moins cinq lutteurs et facilement irritable, ne cessait de mastiquer des oignons en songeant aux prochains affrontements.

D'apparence inoffensive et d'un caractère aimable, Routy surprenait ses adversaires en se montrant capable d'une incroyable violence ; et son calme cachait une furieuse envie d'en découdre.

Jouissant de la confiance du roi, les quatre hommes s'étaient lancés sur la piste de Kalash et de son réseau ; conscients de se heurter à un ennemi vicieux, ils ne s'attendaient cependant pas à la multiplicité de traquenards qui avaient failli leur coûter la vie. Vexés, furibonds, ils désiraient prendre leur revanche ; hélas ! Ramésou, fils aîné du monarque, avait désapprouvé les méthodes du commando et pointé du doigt ses échecs. Sanction : arrêts de rigueur.

— Je commence à m'impatienter, déclara Némo ; il serait peut-être temps d'agir.

— Agir comment ? demanda Routy.

— On ne va pas s'enraciner ici... Maintenant, on s'est assez reposé.

— Tu proposes quoi ?

— Une porte peut être ouverte ou fermée, rappela Ched ; et lorsqu'elle est fermée, on peut l'ouvrir.

— Une évasion en force ? interrogea Routy.

— Ça te déplairait ?

— Pas vraiment.

— Et on l'ouvrirait quand, la porte de la caserne ? questionna Némo.

— Pourquoi pas tout de suite ?

Ougès fut le premier à se relever. À son regard, ses camarades comprirent que personne ne l'arrêterait.

Au moment où les quatre hommes s'apprêtaient à sortir du local des arrêts, la porte s'ouvrit.

Le général Ramésou dévisagea les membres du commando.

— Vous faites une drôle de tête, constata-t-il.

— Votre décision a été injuste, affirma Ched le Sauveur, et nous commençons à nous ennuyer.

— Je vous comprends.

Ces mots surprirent les candidats à la liberté, et la tension baissa d'un ton. Ched resta méfiant ; quel coup tordu leur réservait le général ?

— Si on déjeunait ? proposa-t-il.

— Bonne idée.

*

Côtes de bœuf, filets de perche, légumes grillés, vin haut de gamme... Ramésou n'avait pas lésiné sur la qualité des retrouvailles.

— L'endroit est sécurisé, précisa-t-il ; nous pouvons parler en toute tranquillité.

Les convives appréciaient les mets ; depuis le début du repas, pas un mot n'avait été prononcé. Ils attendaient les propositions de Ramésou.

— Avez-vous entendu parler de mon opération militaire ?

— Nous sommes aux arrêts, rappela Ched, l'œil moqueur.

Le général vida sa coupe.

— Vous le savez, bien entendu, et je vous le confirme : j'ai essuyé un échec total. Le réseau syrien est intact, Kalash m'a échappé.

— Tristes nouvelles ; sincèrement, j'aurais préféré un succès.

Ramésou se détendit ; Ched jouait l'apaisement.

— Sincèrement, je croyais l'obtenir ; mes troupes n'ont pas commis d'erreur, mais la capacité de dissimulation de l'ennemi est stupéfiante !

— Vraiment aucun résultat ?

— Rien de significatif.

Ched enfonçait l'épine dans la plaie, Ramésou acceptait cette humiliation. Seule importait la mission confiée par son père : retrouver le vase scellé d'Osiris et sauver le pays de l'agression des ténèbres.

— Vous avez échoué, rappela le général, moi aussi ; cessons les hostilités et unissons nos efforts.

— Levez-vous les arrêts de rigueur ?

— À l'instant.

— Et pas question de les rétablir, quoi qu'il arrive ?

— Je m'y engage.

— C'est insuffisant, estima Ched ; moi et mes

compagnons, nous exigeons une totale liberté de mouvements.

— N'exagère pas, Ched !

— Vous êtes notre supérieur, général, et nous n'avons pas l'intention de mener des actions inconsidérées ; vous disposez de la puissance militaire, nous sommes mobiles et rapides. Décidons ensemble de nos interventions, et nous vous rendrons compte, à condition de garder l'initiative.

— Tu exiges beaucoup.

— N'est-ce pas conforme à vos prévisions ?

— Tu es intelligent, Ched, et nous devons réussir ; alors, oublions le passé, nos erreurs et nos dissensions.

— Entendu, général ; on efface tout et on repart au combat.

21

Le contrôleur des tableaux de service du temple de Bubastis était de plus en plus inquiet ; Setna travaillait vite et bien, et ses collègues s'en apercevaient. Quoique le jeune scribe demeurât silencieux, un copiste avait consulté ses propositions de réformes, lesquelles passaient de bouche à oreille. Redoutant d'être accusé d'incompétence, le petit moustachu s'était vu contraint d'adopter des mesures de fond, modifiant le rythme de travail et les affectations des employés.

Jusqu'où irait ce Setna ? Sa modestie apparente cachait un féroce appétit de pouvoir ; il visait le poste de contrôleur et tentait, avec succès, de ridiculiser son supérieur et de l'obliger à démissionner.

Malheureusement, ce scribe avait des dons réels, hors du commun ; le petit tyran ne réussirait pas longtemps à le maintenir dans un poste subalterne et devrait reconnaître ses qualités. En lui cédant du terrain, il se condamnerait.

Espérer une faute professionnelle ? Piteuse stratégie ! Cet attentisme risquait de mal se terminer. Seule solution : se débarrasser de ce Setna. Encore fallait-il agir de façon subtile sans lui accorder la moindre chance d'échapper au piège.

Une idée germa, le contrôleur se sentit soulagé ; le jeune scribe était condamné.

*

Le directeur du laboratoire de Bubastis était perplexe. Voilà quarante ans qu'il fabriquait des onguents et des parfums, soucieux d'améliorer leur qualité ; très attentif aux produits de base, il piquait des colères lorsqu'on tentait de l'abuser et avait déjà licencié quantité d'incompétents.

Une technicienne comme Fleur, il n'en avait pas rencontré. Séduisante, vive, moqueuse, elle se jouait des difficultés et en remontrait à des artisans expérimentés, vexés d'être ainsi dépassés ! Impossible de critiquer la jeune femme, sous peine de perdre un élément exceptionnel. Néanmoins, son attitude perturbait le laboratoire entier ; aussi le directeur jugea-t-il nécessaire d'intervenir.

La nuit était tombée, Fleur continuait à travailler ; ses collègues avaient regagné leur domicile. Penchée sur une fiole qu'elle achevait de remplir, elle baignait dans une atmosphère parfumée. Le directeur toussota.

— Il est tard.

— J'ai presque fini.

— Une nouveauté ?

— Vous avez deviné !

— Et... Je peux savoir ?

— Vous avez tous les droits.

La démone jubilait ; en dépit de sa mine sévère, le directeur du laboratoire était fort soucieux de son aspect physique. Il aimait porter beau et demandait le maximum à son barbier. Malgré son talent, impossible d'effacer les dommages de l'âge.

— Respirez cet onguent, proposa Fleur.

La senteur enchanta les narines du directeur.

— Une merveille… À quoi est-elle destinée ?

— À effacer les rides.

— Tu… tu en es sûre ?

— Essayons.

De l'index, la jeune femme préleva un peu d'onguent et l'appliqua sur les rides profondes de son supérieur. Il éprouva une délicieuse sensation de fraîcheur.

— Vous allez rajeunir, promit Fleur.

— Et… la composition ?

— C'est mon petit secret.

— Ne m'as-tu pas dit que j'avais tous les droits, donc celui de connaître cette composition ?

Fleur minauda.

— Seriez-vous fâché si je sollicitais une petite faveur en échange ?

— Laquelle ?

— J'aimerais tant contempler les trésors du temple !

Le directeur fit la moue.

— C'est… difficile !

— Difficile, mais pas impossible, puisque vous y avez accès.

— Je te préviens, ce sera très rapide !

— Vous m'accordez le plus beau des cadeaux !

Elle remit de l'onguent sur une ride récalcitrante, tout en révélant les ingrédients de sa pommade miraculeuse : gomme de térébinthe, cire, huile fraîche de moringa, souchet broyé. Et l'art résidait dans les proportions.

De nouveau, le directeur éprouva de merveilleuses sensations ; les dons de cette parfumeuse méritaient bien une récompense.

*

À l'issue de son récit, Fleur fut étonnée : au lieu de manifester de la joie, Setna paraissait inquiet.

— C'est un pas décisif ! s'exclama-t-elle ; le directeur du laboratoire me donne accès au trésor, donc au vase scellé d'Osiris !

— Et s'il s'agissait d'un piège ?

— Je ne le crois pas aussi retors.

— Nos adversaires sont redoutables, Fleur ; ils sont prêts aux pires extrémités pour garder leur avantage.

— Moi, ils ne me connaissent pas ; et les rides du directeur ont déjà diminué ! Sa reconnaissance est infinie. À mon avis, il n'appartient pas au cercle des comploteurs et ne songe qu'à m'accorder une faveur méritée.

— Puisses-tu avoir raison !

— Je n'ai aucune crainte ; cette nuit même, il me conduira au bon endroit.

La démone connaissait l'étendue de son charme, et ce n'était pas ce naïf de directeur qui saurait lui résister ; Setna, en revanche, demeurait indifférent et parlait trop souvent de sa maudite fiancée. La faire disparaître de son âme ne s'annonçait pas facile.

*

À l'exception des astrologues occupés à observer le ciel, le temple sommeillait ; Fleur attendait le directeur à l'entrée du laboratoire et, les minutes s'écoulant, craignit que le scepticisme de Setna ne fût fondé. Le vieux beau n'allait-il pas lui envoyer des tueurs à sa solde ?

Enfin, une lueur.

Celle d'une lampe à huile que tenait le directeur, la mine préoccupée.

— Suis-moi, et pas un bruit.

Ils empruntèrent un long couloir menant au sanctuaire, dont la porte était close, et se heurtèrent à un mur de granit aux pierres parfaitement polies.

Une impasse.

Le piège prévu par Setna.

Redoutant une agression, Fleur fut surprise de voir le directeur du laboratoire enfoncer du poing l'un des blocs. Le mur pivota, dégageant une ouverture ; il s'y engagea, elle l'imita. Un escalier conduisait à une crypte de forme oblongue. Là étaient aménagées une dizaine de petites chapelles contenant de superbes objets d'or et d'argent utilisés lors des rituels.

— Voici le trésor du temple, indiqua le guide ; ces merveilles sont préservées depuis longtemps. Es-tu satisfaite ?

— Je peux... les regarder de près ?

— Dépêche-toi.

Il y avait de nombreux vases précieux, mais aucun scellé au nom d'Osiris. En dépit de son accès réservé, la crypte ne représentait pas un abri suffisant.

Seule la chapelle du fond était close : une porte épaisse munie d'un verrou.

— M'autorisez-vous à le tirer ?

— Sûrement pas !

— Pourquoi ?

— Seule la grande prêtresse de Bastet possède ce privilège. Maintenant, partons.

Fleur comprit qu'insister serait inutile.

Elle observa la manière dont son guide refermait le mur, puis ils se séparèrent. Silencieuse et rapide, elle regagna la petite maison où Setna, incapable de dormir, lisait et relisait le *Livre de Thot*.

La jeune femme lui offrit son plus beau sourire.

— J'ai découvert la cachette du vase d'Osiris, murmura-t-elle.

22

De la terrasse de sa villa, véritable forteresse gardée par sa milice de dockers syriens, Kékou contemplait Memphis. Capitale économique située à la jonction des Deux Terres, la Haute et la Basse-Égypte, la vieille cité restait la clé du pays. Même si la nouvelle capitale, Pi-Ramsès, affichait sa splendeur, c'était ici, à Memphis, que les pharaons de l'ère des pyramides avaient mis en œuvre la véritable puissance, préservée dans le vase scellé d'Osiris.

Ramsès, ses fils et des soldats d'élite le recherchaient en vain. Le mage noir tirait les ficelles animant ces pantins et s'amusait de leurs efforts dérisoires, sans mésestimer les pouvoirs magiques du pharaon, adversaire redoutable, et du scribe Setna, cheminant à la lisière séparant la vie de la mort. Jamais ils ne rendraient les armes et, malgré leurs défaites successives, s'acharneraient à croire en leur possible victoire. Ils ignoraient la force du Mal, déferlante engloutissant tout sur son passage.

Afin de transformer le vase osirien en source de mort, Kékou devait s'assurer, de gré ou de force, le concours de sa fille, détentrice de l'énergie qu'émettait la déesse-Lionne. Tant qu'elle lui résisterait, le mage noir ne serait pas certain d'obtenir une réussite totale. Hostile, Sékhet formait un obstacle à écarter ; à sa fille de percevoir sa véritable destinée, fût-ce au prix d'épreuves redoutables.

Grâce à ses pouvoirs, Kékou savait voler les âmes. Il érodait leurs défenses, usait leur vigilance, imposait sa volonté ; réduites en esclavage, elles perdaient leur substance et devenaient ses instruments. Pourquoi Sékhet échapperait-elle à la règle ? Sans doute parce qu'elle était de son sang et qu'elle avait été initiée aux mystères de la plus sauvage des déesses.

Un rare privilège que Kékou comptait bien utiliser ; et si sa fille se montrait intraitable, il tirerait profit de son décès. Au moment où l'âme quitterait le cadavre, il la capterait et l'enfermerait dans le vase, nourrissant ainsi sa capacité de destruction.

Son intendant syrien l'avertit de l'arrivée de l'hôte illustre qu'il avait convié à déjeuner : le vieux ministre des Finances encore en poste à Pi-Ramsès.

Malade, fatigué, las d'une fonction harassante, le haut dignitaire se déplaçait à l'aide d'une canne.

— Votre demeure est une merveille, mon cher Kékou ! À mon âge, et malgré mes douleurs variées et multiples, je souffre toujours du même défaut : la gourmandise.

— Je le partage, et j'espère que le menu ne vous décevra pas. Un vin blanc du delta nous ouvrira l'appétit.

Salade fraîchement cueillie, concombres, oignons doux, canard rôti, filets de poisson Latès... Kékou avait deviné les plats préférés du ministre ! Ce dernier se gava, comme s'il savourait son dernier repas.

— Je plaide votre cause auprès du roi, indiqua-t-il à Kékou, et je ne suis pas le seul. De nombreux dignitaires apprécient vos compétences et vos résultats.

— Vous m'en voyez très honoré.

— L'heure approche, cher ami, et je suis persuadé que vous serez mon brillant successeur. Notre économie est prospère, mais il faut veiller en permanence et maintenir au travail le corps de fonctionnaires spécialisés. Un jour de relâchement, et la catastrophe débute ! Moi, je suis épuisé ; vous, vous parviendrez à imposer votre autorité.

Le ventre rempli, un peu ivre, le vieux ministre était à la merci du mage ; ce dernier le fixa longuement, jusqu'à l'hypnotiser. Les yeux vides, il ne présentait plus aucune défense.

— Les déclarations officielles ne m'intéressent pas, précisa Kékou d'une voix rassurante ; tu vas me dévoiler les petits et grands secrets de ton ministère, la façon dont il fonctionne, l'origine des richesses qu'il gère.

Cherchant ses mots, s'exprimant avec lenteur, le ministre offrit à son hôte les indications qu'il souhaitait.

Satisfait, Kékou lui offrit une coupe de vin ; le regard se ranima, la voix redevint normale.

— J'ai eu une absence, déplora le ministre ; il est vraiment temps de me retirer.

— Mon pâtissier est un artiste ; n'omettez pas de goûter ses merveilles.

Le gourmand ne résista pas et, à l'issue du repas, éprouva davantage de difficultés à se mouvoir.

— Je garderai un excellent souvenir de ce déjeuner, affirma-t-il, et je souhaite vous voir bientôt appelé à Pi-Ramsès ; le pays a besoin de vous.

— J'espère me montrer digne de votre confiance.

— Croyez-moi, Kékou, vous méritez un grand destin.

*

— Y en a des plus gâtés que d'autres, grogna le Vieux en changeant la litière de Vent du Nord, lequel dégustait un assortiment de légumes plutôt à son goût.

Apprécié des permanentes du temple de Sekhmet, l'âne était bichonné et passait l'essentiel de son temps à se prélasser ; malheureusement apprécié, lui aussi, le Vieux était devenu le serviteur de ces dames qui lui demandaient sans cesse des services. Seule consolation : il s'occupait du cellier et de la cave où il avait repéré des jarres contenant du vin digne de ce nom. En s'hydratant de façon correcte, il se maintenait en forme.

Ce matin-là, corvée hygiénique : badigeonner les intérieurs à l'huile de pouliot, une variété de menthe, éloignant poux, puces et moustiques. Sékhet tenait à une parfaite propreté des demeures et de leurs habitants, condition majeure d'une bonne santé.

En fin de soirée, il termina par le dispensaire ; au terme d'une longue journée de travail, la jeune thérapeute paraissait épuisée.

— Tu travailles trop, jugea le Vieux, en lui offrant une coupe de rouge léger et revigorant.

— Il faut soigner les patients.

— Certains abusent, telle cette vieille geignarde qui te consulte tous les jours ! Elle ne s'inventerait pas des maladies ?

— Son état évolue, je la surveille. Et toi, comment te sens-tu ?

— Mon régime fonctionne à merveille : noyaux de dattes malaxés et filtrés pour soigner mon foie, extraits de grenades et huile de balanite pour les intestins. Avec ça, tout baigne ! Bon, ce soir, le dispensaire est fermé, et tu te reposes.

— Entendu. N'oublie pas que cette période de quiétude est un petit miracle et que nous devons retrouver les témoins de la disparition de Setna afin de les interroger.

— Je n'oublie pas, je n'oublie pas !

— Dès demain, nous commencerons notre enquête.

« Les ennuis reprennent », songea le Vieux.

— On se promène ? suggéra-t-il à Geb.

La queue du chien noir, haut sur pattes, se mit à battre et ses yeux pétillèrent.

Les deux compagnons s'éloignèrent, Sékhet se rendit au jardin où poussaient les plantes médicinales dont elle surveillait la croissance.

Au beau milieu, une chouette.

Le rapace fixa la jeune femme de ses yeux orange.

Fascinée, elle les vit s'agrandir ; un personnage apparut, un nageur tentant d'échapper à des flots déchaînés. Il disparaissait, revenait à la surface, luttait... et parvenait à atteindre la rive !

Son visage se dessina.

— Setna, tu es vivant !

Il s'estompa, les yeux de la chouette se rétrécirent, ses grandes ailes s'ouvrirent, elle s'envola.

Bouleversée, Sékhet savait qu'elle ne s'était pas trompée : Setna avait survécu à la fureur du fleuve et les témoins mentaient en propageant la rumeur de sa mort. Mais où se trouvait-il aujourd'hui, quand la rejoindrait-il ?

Perdue dans ses pensées, elle se heurta à un homme d'une trentaine d'années, un prêtre pur de la déesse-Lionne qu'elle avait soigné la veille. Il se plaignait de maux de tête et d'insomnies.

— Allez-vous mieux ?

Le prêtre ne répondit pas ; les pupilles dilatées, les lèvres serrées, il sortit un poignard de sa tunique. Sa main tremblait.

— Calmez-vous, exigea Sékhet ; je vais vous donner un remède.

— Tu dois mourir, marmonna-t-il en agrippant le poignet de la jeune femme avec une telle force qu'elle fut incapable de se débattre.

La lame du couteau commençait à piquer la poitrine de Sékhet lorsque Geb, d'un bond qu'aucun autre chien n'aurait pu accomplir, sauta à la gorge de l'agresseur. La violence du choc lui fit lâcher son couteau et le propulsa loin de la jeune femme.

Essoufflé, le Vieux accourait.

— Geb ne voulait pas se promener, il est revenu à toute allure !

L'assassin manipulé par Kékou ne bougeait plus. Après avoir caressé son chien, haletant mais heureux, Sékhet examina le criminel.

La gorge ouverte, la nuque brisée… un cadavre.

— Il a tenté de me poignarder, expliqua-t-elle ; qui l'a envoyé ?

— Toi et moi, déclara le Vieux, nous le savons.

Le magicien est capable de capter le *ba*, l'âme symbolisée par un oiseau à tête humaine, qui se nourrit de lumière.
(*Livre de sortir au jour*, chapitre 61.)

23

Setna se réveilla en sursaut.

Un drame venait de se produire.

— Sékhet ! L'homme… le poignard !

Il vit son visage ; ses yeux brillaient.

— Tu es vivante… Et tu sais que j'ai survécu.

Fleur surgit.

— Un mauvais rêve ?

— On a agressé Sékhet, j'ai ressenti la violence qu'elle subissait… Elle est indemne, j'en suis sûr !

— Alors, rendormons-nous ; demain sera une journée décisive.

Bien que la jeune femme fût nue, le scribe ne lui prêta nulle attention, essayant de rester en contact avec l'âme de Sékhet.

Furieuse, la démone regagna la chambre conjugale où elle passait les nuits ; Setna, lui, avait déroulé sa natte dans l'antichambre. À cause de cette maudite fiancée, pourtant si lointaine, elle ne réussissait pas à le séduire, et cet échec inattendu la mettait en rage. Un échec passager… Setna n'était qu'un humain, elle une démone mandatée par Thot. Un peu de patience, et elle savourerait son succès.

*

Grâce à la précision de Setna, le tableau de service s'était amélioré de façon notable ; retenant un certain nombre de ses suggestions, son supérieur se présentait comme l'auteur de ces réformes, appréciées de l'ensemble du personnel.

Sans être dupe, le jeune scribe se moquait de la fatuité du petit moustachu ; répondant à ses exigences, il se comportait en parfait exécutant et ne réclamait aucun privilège. Son séjour à Bubastis prendrait bientôt fin, puisque, cette nuit même, Fleur le guiderait jusqu'au vase scellé d'Osiris.

Setna n'osait y croire. Cependant, en cas de succès, le cauchemar serait terminé, l'Égypte sauvée ; en possession de la relique, le fils de Ramsès regagnerait la capitale au plus vite et la remettrait au roi. Privé de son arme majeure, le mage noir perdrait pied.

Une trop belle perspective… Néanmoins, il fallait essayer ; peut-être Fleur avait-elle découvert la bonne piste ?

Les heures s'écoulaient lentement, Setna se concentrait sur son travail, un rapport administratif concernant l'apport des denrées alimentaires au temple.

La porte s'ouvrit brusquement ; apparurent le petit moustachu et trois policiers munis de gourdins.

— C'est lui, dit le supérieur de Setna ; avoues-tu, mon garçon ?

Le scribe posa son matériel d'écriture et se releva.

— Avouer quoi ?

— Inutile de nier, nous avons la preuve de ta culpabilité.

— Ma culpabilité…

— Ne joue pas les innocents ! Tu as volé un encensoir. En fouillant ton logement, les membres du service d'ordre l'ont récupéré. C'est un crime, passible d'une lourde peine.

— Vous avez tout inventé !

— Menottez-le et emmenez-le au poste de garde, ordonna le moustachu aux policiers.

Impossible de fuir, et Setna n'aurait pas le dessus s'il provoquait une bagarre. En le voyant entravé, son supérieur eut un rictus de satisfaction.

*

La nouvelle fit rapidement le tour du temple ; Fleur apprit l'arrestation de Setna alors qu'elle préparait sa pommade contre les rides à l'intention d'un directeur ravi, occupé à trier des plantes.

— C'est impossible, lui dit-elle, mon mari est un homme foncièrement honnête ; jamais il ne commettrait pareil délit. Ne pourriez-vous intervenir ?

— Ton époux est entre les mains des enquêteurs, et je n'ai aucun pouvoir sur eux. Ils vont le transférer à la prison de Bubastis, un procès sera organisé.

— Je dois le voir.

Fleur quitta le laboratoire et se rendit au poste de garde ; un policier lui en interdit l'accès.

— Mon mari est ici, je veux lui parler.

— Exclu, on l'interroge.

— Il est innocent !

— Ça m'étonnerait ! On a des preuves. Trouve-toi

171

un autre bonhomme, petite ; celui-là, tu risques de ne pas le revoir.

Fleur jouait son destin ; elle avait encore besoin de Setna, en possession du *Livre de Thot* qu'elle utiliserait afin de se libérer de la malédiction la condamnant aux enfers. Et le vase scellé d'Osiris lui permettrait de négocier son avenir.

Agir vite et frapper fort : la démone rentra chez elle, se parfuma, se maquilla et se vêtit d'une robe verte à bretelles, laissant les seins découverts.

*

D'un calme imperturbable, Setna répondait aux questions du chef des gardes du temple, un quinquagénaire qui avait déjà arrêté de petits voleurs. Le scribe n'appartenait pas à cette catégorie et, quand il affirmait son innocence, il paraissait sincère et crédible.

Son récent engagement plaidait en sa défaveur : n'était-il pas venu à Bubastis pour dérober un objet de grande valeur, tel cet encensoir ? Néanmoins, les premiers témoignages recueillis évoquaient un scribe remarquable, attaché à son travail et auteur d'excellentes modifications du tableau de service.

Troublé, le chef décida d'approfondir son enquête avant de transférer Setna à la prison en rédigeant une accusation formelle de vol.

*

D'ordinaire très sobre, le petit moustachu avait bu plusieurs coupes de bière forte, fêtant ainsi son triomphe ; se débarrasser d'un dangereux concurrent avait été une partie de plaisir ! Chaque jour, ce Setna prenait davantage d'importance et aurait fini par mettre en évidence les lacunes de son supérieur.

Le vol d'un objet liturgique le condamnerait à de longues années d'emprisonnement, et le moustachu continuerait à diriger son service en engageant des médiocres, faciles à dominer.

La tête lui tourna, il eut envie de grignoter une galette et se dirigea vers la boulangerie du temple.

Soudain, une apparition !

Une femme d'une séduction à couper le souffle, dont le parfum était envoûtant. Incapable de bouger, le moustachu se crut victime d'un rêve éveillé ; mais elle lui toucha tendrement la main.

— Tu... tu ne serais pas...

— Si, l'épouse du voleur que tu as identifié ; et j'ai des confidences à te faire.

À son contact, le moustachu se liquéfia ; le prenant par le bras, elle le ramena à son logis et referma la porte. Il ne pouvait détacher son regard de ses seins magnifiques et faillit s'évanouir lorsque les bretelles de la robe glissèrent sur ses épaules, dévoilant un corps aux formes parfaites.

— Tu méritais une récompense, murmura-t-elle.

N'y tenant plus, le dénonciateur étreignit la tentatrice et commit l'erreur fatale : l'embrasser.

Une gueule d'enfer, pourvue de crocs, lui broya le crâne ; poussant un cri d'horreur, il souffrit de la brûlure des flammes qui le léchaient. Le malheureux aperçut un gouffre où l'attendaient des serpents en position d'attaque.

— À moi, au secours ! hurla-t-il.

— Si tu veux survivre, dénonce ton forfait et inno-
cente Setna.

— Oui, oui, j'accepte !

— Jure-le.

— Sur le nom du roi, je le jure.

*

Disposant d'aveux en bonne et due forme, le chef
des gardes du temple envoya le moustachu en prison
et libéra Setna. Hagard, livide, son ex-supérieur hiérarchique ne semblait pas posséder toute sa raison, mais
avait débité un discours précis relatant sa manipulation.

Vêtue d'une tunique discrète, démaquillée, Fleur
jouait l'épouse exemplaire.

— Comment as-tu provoqué ses aveux ? lui
demanda Setna.

— Je lui ai montré mon désarroi ; bourré de
remords, il a choisi de renoncer au mensonge. Te voici
réhabilité et bientôt promu.

— Seule compte ma mission.

— Dès cette nuit, nous irons chercher le vase scellé
d'Osiris.

24

Kékou versa le sang d'un agnelet dans une coupe ornée de lotus finement dessinés qui avait appartenu à sa fille ; il ajouta de la corne de vache réduite en poudre et des poils de hyène. La pleine lune éclaira le mélange, et le mage vit les demeures des permanentes du temple de Sekhmet, le dispensaire, les jardins.

— Où te trouves-tu, mon envoyé ?

D'abord floue, la vision se précisa.

Un corps étendu.

Le cadavre du prêtre chargé de poignarder Sékhet. Ainsi, elle lui avait échappé ! Ravi, Kékou se félicitait des dons extraordinaires de sa fille ; bénéficiant de protections surnaturelles, elle utilisait, à son insu, la puissance de la déesse-Lionne. Quand elle en prendrait pleinement conscience, de quels exploits serait-elle capable ?

Le mage avait besoin d'une alliée de cette taille ; sa fille n'imaginait pas l'ampleur des pouvoirs dont elle était dépositaire et, peu à peu, les épreuves qu'il lui imposait la révéleraient à elle-même.

Le pigeon messager était porteur de bonnes nouvelles. Après leur cuisant échec, les soldats de

Ramésou avaient quitté la ville et regagné la capitale ; il revenait au chef de la police, Sobek, de maintenir l'ordre. Bien qu'il eût constitué une nouvelle équipe d'incorruptibles, il ne parviendrait pas à freiner l'essor du réseau syrien. De retour à la tête de ses troupes, Kalash recommençait à recruter.

Restait l'énigme Setna... En dépit de ses investigations, le mage ne réussissait pas à connaître son sort. Seule certitude : il n'était pas libre de ses mouvements, mais toute trace de vie n'était pas effacée.

Guerrier de pacotille ou véritable adversaire ? Soit Setna sombrerait dans le néant, soit il réapparaîtrait avec la ferme intention de poursuivre le combat. Et Kékou saurait se méfier de ce fils de Ramsès, à la fois imprévisible et obstiné.

Demain, il recevrait de hauts fonctionnaires du ministère de l'Économie ; sur l'ordre de leur patron, ils lui présenteraient des dossiers complexes afin de solliciter son avis et de vérifier ses compétences.

Un moment distrayant avant les orages.

*

Sobek était particulièrement satisfait de Douty, son babouin policier ; calme, le regard pénétrant, il ne manifestait une irritation inquiétante qu'en entendant des mensonges. Cette aptitude facilitait le travail de son chef ; quand il écoutait les rapports de ses subordonnés, il guettait les réactions du singe et sermonnait aussitôt l'affabulateur qui ne tardait pas à dire la vérité, qu'il avait jugé bon de plus ou moins dissimuler. La réputation de Douty s'était vite propagée dans l'ensemble du service, et chacun filait droit.

176

Après le départ des troupes retournées à Pi-Ramsès, Sobek reprenait le contrôle de Memphis ; et puisqu'il fallait traquer les membres d'un réseau syrien, il utiliserait ses méthodes, notamment l'infiltration, avec la ferme intention de le démanteler. L'affaire n'irait pas sans casse, mais ses limiers étaient prévenus et déterminés.

Le planton fit irruption.

— Chef, une urgence !

— À moi d'en décider ; explique-toi.

— La Supérieure du temple de Sekhmet souhaite vous voir immédiatement.

Sobek fronça les sourcils ; ça, c'était bizarre.

— Garde mon bureau, ordonna-t-il au babouin, certain qu'aucun curieux n'y pénétrerait.

*

La vieille dame était encore plus rébarbative qu'à l'ordinaire ; Sobek aurait préféré affronter un colosse.

— Merci d'être venu si vite.

— Vous ne m'avez pas appelé à la légère...

— Un prêtre pur a tenté d'assassiner l'une de mes prêtresses.

— Seulement... tenté ?

— Elle lui a échappé de justesse.

— Il s'est donc enfui ?

— Non, il est mort ; et c'est à toi de me débarrasser du cadavre.

— Je devrai rédiger un rapport !

— Je n'en doutais pas.

— La prêtresse...

— Il s'agit de la dame Sékhet.

« Aïe ! s'exclama intérieurement Sobek ; de sérieux ennuis à l'horizon. »

— En raison de ces circonstances exceptionnelles, déclara la Supérieure, je t'autorise à franchir le seuil du domaine interdit aux profanes. Sékhet t'attend, une prêtresse te guidera.

Le chef de la police obtempéra. Il était presque gêné de découvrir des lieux d'ordinaire si paisibles, hors de portée du monde extérieur.

Le Vieux vint à sa rencontre.

— On a déposé le cadavre à l'ombre ; moi, j'ai tout vu.

— Que s'est-il passé ?

— Le prêtre a tenté de poignarder la dame Sékhet après l'avoir immobilisée. C'est son chien qui l'a sauvée en sautant au cou de l'agresseur, lequel n'a pas survécu aux morsures et au choc.

Sobek examina rapidement le corps, puis interrogea la jeune femme ; elle donna une version des événements identique à celle du Vieux. Sur ce point-là, le rapport était facile à établir, et la légitime défense ne faisait aucun doute.

Restait un détail sensible.

— Connaissiez-vous cet homme, dame Sékhet ?

— Non.

— Avez-vous cherché à découvrir son identité ?

Sékhet jugea inutile de dissimuler le résultat de ses investigations, car une enquête élémentaire éclairerait le chef de la police.

— Il s'agit d'un ex-militaire engagé depuis deux semaines pour entretenir l'écurie du temple ; sans doute a-t-il exécuté une sorte de contrat.

— Pourquoi cette supposition ?

— Parce qu'il était muni de la recommandation d'un haut personnage auquel j'essaye d'échapper : le superviseur des greniers Kékou, mon père.

« Oh là ! pensa Sobek, les ennuis s'aggravent ! »

— Merci de ces précisions, dame Sékhet ; conformément à la coutume, le cadavre de ce criminel sera brûlé. Les faits étant clairement établis, vous ne serez pas inquiétée. En revanche, vous sentez-vous encore en sécurité dans l'enceinte de ce temple ?

— Comme vous le constatez, j'ai des protecteurs.

— Jusqu'à présent, la chance vous a souri ; peut-être ne faudrait-il pas trop tirer sur la corde.

— Je dirige le dispensaire, je soigne les malades et je compte, selon les vœux de la Supérieure, réorganiser le laboratoire ; ces tâches me passionnent, et j'espère les mener à bien.

— Au péril de votre vie ?

— Si la racine du mal est extirpée, qu'aurai-je à craindre ?

— Je renforcerai les rondes de police à l'extérieur du temple ; à l'intérieur, je suis impuissant. Si vous avez besoin de moi, n'hésitez pas.

— Merci de votre aide, chef Sobek.

*

De retour à son bureau, où le babouin dégustait des dattes avec délicatesse, Sobek était perplexe. Comment un père pouvait-il prendre la décision de supprimer sa fille ? Fallait-il que Sékhet possédât un lourd secret mettant en péril son géniteur !

Cette sombre affaire échappait au domaine du maintien de l'ordre et sortait du champ de compétence d'un

179

chef de la police de Memphis. En s'aventurant seul sur ce terrain piégé, il risquait gros.

Une solution s'imposait : relater le drame au général Ramésou, le futur mari de la dame Sékhet. Si Sobek omettait de l'alerter, le retour de bâton serait violent. Coopérer était donc indispensable, et cette bonne volonté, surtout à la suite des confidences du général quant à la gravité de la situation, serait appréciée.

— Rude métier, dit Sobek au babouin qui approuva d'un hochement de tête. Ce Kékou voulait me tuer, il s'attaque à sa fille… Ça commence à bien faire, non ?

Douty approuva de nouveau.

Coupe aux lotus utilisée par le mage
pour développer ses perceptions.
(D'après Champollion.)

25

Le silence régnait sur le temple de Bubastis, la nuit était paisible. Pieds nus, Fleur et Setna sortirent de leur demeure de fonction et se faufilèrent jusqu'au laboratoire, toujours éclairé par des lampes. Fleur en emprunta une et guida le scribe vers une paroi de granit. Identifiant les blocs qui commandaient le mécanisme d'ouverture d'une porte étroite, elle réussit la manœuvre.

— L'entrée des cryptes, révéla-t-elle.

L'étroit passage conduisait à un couloir souterrain desservant quantité de petites chapelles qui abritaient les trésors du sanctuaire. Fleur n'accorda pas à Setna le loisir de les admirer, car ils ne devaient songer qu'à leur objectif : la cachette du vase scellé d'Osiris.

Ils s'immobilisèrent face à la seule chapelle munie d'une porte que fermait un verrou, équipé d'une cordelette.

Setna hésita.

— Ne serait-elle pas piégée ?

— Je prends le risque, décida Fleur.

— Non, je connais ce type de verrou ; il sert aussi

à fermer les armoires contenant des papyrus précieux. Éloigne-toi.

La démone ressentait d'étranges sensations ; en lui permettant de sortir des enfers, Thot ne lui avait-il pas ouvert le chemin d'une liberté impossible, à présent si proche ?

Le scribe gardait un calme surprenant. Après avoir étudié la manière dont les nœuds de la cordelette avaient été formés, il les défit un à un, sans précipitation.

Restait à tirer le verrou en bois.

Il glissa lentement, nul incident ne se produisit.

N'y tenant plus, Fleur ouvrit la porte de la chapelle ; un rayon doré l'éblouit, elle recula. Setna ferma les yeux.

Le vase osirien… Il n'osait croire à ce succès ! Serait-il facile à transporter, quelles précautions adopter ? Le scribe serait contraint de révéler une partie de la vérité à la grande prêtresse et de solliciter son aide, afin de transférer ce redoutable trésor à Pi-Ramsès. C'était la fin d'une quête périlleuse et, bientôt, il rejoindrait Sékhet. Au roi, en possession de la relique, de mettre fin aux agissements du mage.

— Ce n'est que ça ! gémit Fleur.

Setna regarda.

La chapelle n'abritait qu'un seul objet : une statuette en or de la chatte Bastet, haute d'une coudée[1]. Datant du temps des pyramides, une inscription proclamait : « Je suis la souveraine de la puissance maîtrisée, mon âme vogue en compagnie des étoiles infatigables et indestructibles. »

_____

1. Une coudée équivaut à 52 cm.

Fleur eut une moue dédaigneuse, et cette laideur subite choqua le jeune homme.

— Ce n'est pas le vase scellé d'Osiris, déplora-t-elle.

— Voici le trésor suprême de ce temple, constata Setna ; inclinons-nous devant la déesse.

Il s'agenouilla et vénéra Bastet.

— Quittons cet endroit, recommanda Fleur.

La démone était folle de rage ; Thot l'avait bernée ! Mais elle ne renoncerait pas à son unique chance d'échapper à la damnation éternelle.

*

À Ched le sauveur et à ses trois compagnons d'armes, le général Ramésou n'avait pas caché son principal motif de préoccupation : certains militaires casernés à Memphis, y compris des officiers supérieurs, n'étaient-ils pas vendus à l'ennemi ou manipulés par le réseau syrien ? De telles complicités expliqueraient l'échec de l'opération de ratissage.

L'argumentation du général convainquit Ched ; le ver était dans le fruit, il fallait ôter du panier les pommes pourries.

— Toute trahison laisse des traces, estima le Sauveur ; à nous de les retrouver et d'éliminer les brebis galeuses.

— Quelle méthode préconises-tu ?

— Les pleins pouvoirs.

Ramésou se racla la gorge.

— Tu exiges beaucoup…

— C'est le prix de l'efficacité.

— Et comment comptes-tu les exercer ?

— Routy examinera tous les tableaux de service des officiers, pendant les jours qui ont précédé l'opération de ratissage et durant l'opération elle-même ; s'il constate des absences bizarres, il obtiendra les explications nécessaires. Et pas question de lui opposer la voie hiérarchique.

Le général ne protesta pas.

— Ougès, lui, interrogera les responsables des divisions, du matériel et des écuries ; il saura s'ils entretiennent des contacts avec des membres du réseau syrien.

— Qu'il reste mesuré, préconisa Ramésou.

— Les pleins pouvoirs, rappela Ched ; Ougès ira à l'essentiel. Quant à Némo, il s'occupera des instructeurs. Des gaillards au cuir épais et peu bavards ; grâce à son sens de la persuasion, il obtiendra leurs confidences.

— Qu'il évite les excès et…

— L'efficacité d'abord, insista le Sauveur ; à vous de décider.

Le général avala sa salive ; Ched et ses trois compagnons lui demandaient vraiment l'impossible ! En piétinant ainsi les règlements militaires, ne provoqueraient-ils pas un séisme ?

Vu la gravité de la situation, Ramésou céda.

— Je donne les ordres ; toi, obtiens des résultats.

Ched distribua aussitôt les consignes à ses subordonnés, ravis de reprendre du service et d'exercer leurs talents. Enfin, leur enquête allait progresser !

L'aide de camp du général jugea bon de l'alerter ; Sobek, le chef de la police, désirait lui parler d'urgence.

*

Ramésou et Ched se présentèrent au temple de Sekhmet. Après mûre réflexion, le général avait communiqué au Sauveur les éléments du rapport transmis par Sobek, lequel estimait cette affaire-là terminée et confiait ses prolongements au général. Autant jouer franc-jeu avec Ched, puisque lui seul semblait capable d'identifier les brebis galeuses, cachées au sein de l'armée memphite.

La Supérieure reçut les deux hommes de façon glaciale.

— Nous préparons un grand rite d'apaisement de la déesse, précisa-t-elle, et je n'ai pas de temps à perdre.

— Nous désirons voir la dame Sékhet, indiqua Ramésou en maîtrisant son irritation.

— Je la préviens, à elle de décider.

Ils patientèrent dans l'un des jardins du sanctuaire, à l'orée du domaine réservé aux permanentes. Le vent était doux, le ciel serein, mais ni l'un ni l'autre n'apprécièrent cette quiétude.

— Sékhet ! s'exclama le général en l'apercevant, accompagnée de son chien Geb.

Vêtue d'une tunique de lin blanc, chaussée d'élégantes sandales, elle avait un visage grave, qui n'atténuait pas son pouvoir de séduction.

— Êtes-vous indemne ? s'inquiéta Ramésou.

— L'agresseur ne m'a pas blessée ; sans l'intervention de Geb, j'aurais été poignardée.

Se tournant vers Ched, elle sourit.

— Je suis heureuse de te revoir.

— Le général a levé les arrêts de rigueur et m'accorde à nouveau sa confiance.

— Première mesure, intervint Ramésou : assurer votre sécurité. Je vous installe au palais de Memphis.

— Je demeure ici, trancha Sékhet, et je continue à soigner les malades.

— En ce cas, les accès au temple seront sévèrement filtrés.

— J'ai la conviction que le commanditaire de l'attentat est mon propre père, Kékou ; quand allez-vous enfin comprendre son véritable rôle et l'empêcher de nuire ?

— Je partage cet avis, approuva Ched, et ne resterai pas inactif.

— Pas de précipitation, recommanda le général ; Kékou est un personnage important, il bénéficie de soutiens majeurs et semble appelé à une grande carrière. Avant d'intervenir, il nous faut des preuves formelles.

— Seriez-vous son complice ? interrogea la jeune femme.

Ramésou blêmit.

— Sékhet, comment…

Elle s'adressa au Sauveur.

— Setna est vivant, affirma-t-elle ; les témoins de sa mort ont menti. J'avais l'intention de les interroger, mais tu te montreras plus habile. Obtiens la vérité, Ched, et retrouve Setna.

— Cette mission m'honore, et je ferai tout pour réussir.

Dépité, Ramésou n'osa pas retenir Sékhet qui retourna au dispensaire.

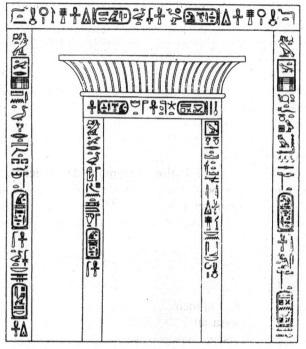

La porte séparant le monde de l'apparence de la réalité, celui du visible de l'invisible. Seul l'esprit peut la franchir.
(D'après Champollion.)

26

Fleur et Setna avaient quitté le temple de Bastet au milieu de la nuit. Survoltée, la démone marchait vite ; d'après elle, cet échec cuisant n'était qu'une péripétie. Elle croyait savoir où était caché le vase scellé d'Osiris que le voleur, redoutant des investigations approfondies, avait sorti de la crypte, afin de le mettre en lieu sûr.

Impressionné par la détermination de son guide, Setna était impatient d'atteindre leur but, une belle demeure des faubourgs de la ville, entourée d'un jardin mal entretenu.

Fleur poussa la porte.

Poussiéreux, encombré de meubles brisés, le hall d'accueil était sinistre. Setna aurait volontiers rebroussé chemin, mais la démone lui saisit la main, le fit traverser la pièce délabrée et monter à l'étage.

Elle ouvrit la porte d'une vaste chambre dont les murs étaient ornés de lapis-lazulis et de turquoises. Une dizaine de lampes éclairait un grand lit à la couverture de lin d'une finesse exceptionnelle et une table sur laquelle étaient disposées des coupes d'or remplies de vin. Des parfums envoûtants séduisirent le jeune homme, accédant à une sorte de paradis, dédié au luxe et à la volupté.

— Patiente un instant.

Écarquillant les yeux, le scribe ne parvenait pas à se détacher de cette étrange vision. Que dissimulait la richesse inouïe de cette chambre, digne d'un palais ?

Quand Fleur réapparut, elle était coiffée d'un diadème, parée d'un collier d'améthystes et de bracelets de cuivre, et portait une robe rouge vif. Elle marcha lentement en direction de Setna et s'arrêta tout près de lui.

— Ne suis-je pas belle ?

— Tu es superbe.

— Alors, embrasse-moi !

— J'aime Sékhet et lui serai fidèle.

— Embrasse-moi, Setna ; elle ne le saura pas.

— Ma mission achevée, je rejoindrai mon épouse et nous passerons ensemble le reste de nos jours.

— Cet amour-là n'est qu'illusion, Setna ; elle te croit mort et t'a sans doute déjà trompé.

— Nous nous sommes juré fidélité, une parole ne se reprend pas.

La démone éclata de rire et claqua la porte de la chambre.

— Il suffit, beau jeune homme ! Maintenant, embrasse-moi.

— Où se trouve le vase d'Osiris ?

Fleur eut un sourire mauvais.

— Je l'ignore ; grâce à toi, je réussirai à m'en emparer.

— Moi aussi, je l'ignore.

— Certes, mais tu possèdes le *Livre de Thot*, et je le veux.

Le visage de la démone n'avait plus rien de séduisant.

— Qui es-tu vraiment, Fleur ?

— Le livre, ou tu périras !

— Tu as tenté de m'égarer ; je quitte cette demeure.

Impossible d'ouvrir la porte ; de nouveau, le rire de la démone.

S'emparant d'une coupe, elle en jeta le contenu sur les jambes de Setna. Ce n'était pas du vin, mais un liquide poisseux et paralysant qui réduisit le scribe à l'immobilité.

Utilisant son peigne aux longues dents coupantes comme du métal, Fleur déchira la tunique du fils de Ramsès. Lié à sa poitrine par une bande de lin toujours immaculée, le *Livre de Thot* !

Les dents sectionnèrent le tissu et libérèrent l'inestimable papyrus.

— Je vais charmer le ciel, la terre, le monde souterrain, les montagnes et les eaux, murmura-t-elle ; je comprendrai le langage des oiseaux, des poissons et des animaux du désert, je reprendrai la forme qui était mienne avant d'être damnée, et la malédiction de Thot sera abolie !

Fleur déroula le document.

Les hiéroglyphes dansèrent, se confondirent et devinrent illisibles.

— Le livre est envoûté... Et toi seul peux briser le maléfice !

Les traits de la démone étaient, à présent, ceux d'une vieille femme au regard haineux, ses dents ressemblaient à des crocs.

— Offre-moi les formules de connaissance que tu détiens. Sinon, mon peigne fouillera tes chairs, et tu mourras à petit feu en subissant d'abominables souffrances !

Une démone surgie des ténèbres, une perverse condamnée à errer dans les brumes de l'enfer, qui essayait d'y échapper en se servant des formules du *Livre de Thot*... Setna prenait conscience du péril. Satisfaire les exigences de cette sorcière ne le sauverait pas.

Nourris d'une flamme malsaine, les yeux de la damnée le dévoraient.

— Tu as compris... Si tu m'obéis, tu jouiras d'une mort rapide ; si tu me résistes, je t'infligerai de telles tortures que tu finiras par me transmettre ton secret. Tu as bu ce livre et ton âme s'est imprégnée de sa substance ! Je dois m'accaparer ton savoir, il me redonnera la liberté.

Sans défense face à cette créature, réduit à l'immobilité, Setna voyait sa mort s'approcher.

— Obéis, jeune scribe, exigea la démone.

Les dents du peigne commencèrent à labourer la poitrine de Setna.

— Mes crocs te perforeront le crâne, la souffrance te contraindra à parler.

Sans défense... Setna n'oubliait-il pas son arme majeure ?

La gueule d'enfer s'ouvrit.

*

Le Vieux changea la litière de Vent du Nord et remplit son auge d'avoine, de trèfle, de luzerne et de pommes. Transportant les nourritures destinées aux prêtresses permanentes du temple de la déesse-Lionne, l'âne n'effectuait qu'un léger travail et bénéficiait de longues heures de repos.

— Tu as de la chance, mon bon, et ce bonheur-là, savoure-le ! recommanda le Vieux. Après cet attentat, pas de quoi se réjouir... Un prêtre pur, tu te rends compte ! À qui se fier, de nos jours ? Ah, ce maudit Kékou ! S'il n'est pas neutralisé, il continuera à nuire. Rien d'anormal à signaler ?

L'oreille gauche de Vent du Nord se leva.

— Ne dors que d'un œil et surveille les alentours ; à l'évidence, le démon ne renoncera pas à supprimer sa fille.

En se dressant, l'oreille droite confirma les craintes du Vieux ; le temple n'était plus un abri sûr. Comment convaincre Sékhet de quitter cet endroit ? Tâche ardue, tant elle s'attachait à son travail ! La sécurité aurait dû être la priorité de la jeune femme, mais elle avait toujours un malade à guérir, car sa réputation ne cessait de grandir ; des dignitaires memphites et des ritualistes, officiant dans d'autres sanctuaires de Memphis, venaient la consulter. Non contente de ce surcroît de labeur, elle accueillait aussi de petites gens qu'elle soignait gratuitement.

Langue pendante et yeux inquiets, Geb accourut et aboya.

La gorge du Vieux se serra.

— Un nouveau drame, c'est ça ?

Le chien noir repartait déjà vers le dispensaire, le Vieux le suivit en courant.

Sékhet gisait sur le sol, son chien lui léchait la joue.

Le Vieux fut un peu soulagé en constatant qu'elle n'était qu'évanouie. Il humecta ses lèvres, ses tempes et son front avec un linge mouillé à l'alcool de dattes, et la jeune femme reprit ses esprits. Il la redressa et l'aida à s'asseoir.

— Voilà le résultat du surmenage !

— Non, une vision terrifiante m'a assaillie ! Setna... Setna était menacé par la gueule d'un monstre, des crocs énormes lui broyaient la tête ! J'ai hurlé, il lui a échappé, mais s'est engagé dans une sorte de puits sans fond. Juste avant de sombrer, il m'a regardée.

Sékhet tremblait encore.

— Il faut te reposer.

— Je me rends au temple pour solliciter l'aide de la déesse et façonner une protection magique, en disposant une corde à sept nœuds autour de son nom. Setna est en danger, en grand danger !

Chancelante, elle eut besoin du bras du Vieux ; Geb les précéda.

27

Au moment où les crocs de la gueule d'enfer allaient
lui broyer le crâne, Setna avait prononcé une invo-
cation à Thot, la formule permettant d'enchanter les
bêtes féroces et de les figer sur place.

Les mâchoires se bloquèrent, la pointe des crocs
effleura les cheveux du scribe, qui fut aspiré par un
souffle l'entraînant au fond de la gueule. Alors qu'il
glissait le long des parois, il entrevit le visage de
Sékhet.

Assisté de sa magie, il se battrait contre les maléfices de la démone, dotée de la puissance des ténèbres.

La descente s'interrompit, Setna toucha un sol
mouvant qu'agitaient des sillons d'où jaillissaient des
fumerolles. Là se dressait un vaste bâtiment aux murs
souillés de sang ; à l'intérieur, les damnés y subissaient
leurs supplices.

Le monde auquel voulait échapper Fleur, condamnée
par les dieux.

Le pivot de la porte était fixé dans l'œil droit d'un
assassin aux plaintes incessantes, entouré de criminels,
entravés les uns aux autres, et incapables de défaire

leurs liens[1]. Setna n'avait nulle envie de pénétrer en ce lieu, mais des pas résonnèrent derrière lui ; partie en chasse, la démone tentait de le rejoindre.

Seule issue : traverser le bâtiment des damnés.

Des hommes ne cessaient de tresser des cordes que des ânes mangeaient en les déchiquetant à grands coups de dents ; afin d'éviter des morsures fatales, les forçats tressaient et tressaient encore. À côté, une horde d'affamés tendait les bras vers des paniers accrochés au plafond et remplis de provisions ; lorsque leurs mains les touchaient, des envieux creusaient des trous sous leurs pieds, les empêchant d'atteindre leur but.

Les pas se rapprochaient.

Setna continua de progresser. À l'extrémité du bâtiment, une paroi en forme d'œil incandescent ; au pied, des cadavres calcinés de créatures qui avaient essayé de s'enfuir.

Le scribe s'agenouilla et prononça la formule d'apaisement du monde souterrain. « Sauve-moi du malheur que m'infligeraient les morts et les humains, implora-t-il, sauve-moi, toi, la lumière voguant à travers l'univers ; maîtresse de la flamme au rayonnement capable d'illuminer les ténèbres, fais éclater les pierres, brise les murailles des enfers, libère mon chemin. »

Setna se releva et se présenta devant la muraille. Le hurlement de la démone lancée à ses trousses ne lui laissait pas le choix : il devait traverser l'œil. Si

---

1. Cette description égyptienne des enfers inspira les sculpteurs du Moyen Âge et des écrivains, notamment Dante, auteur de *La Divine Comédie*.

les dieux le jugeaient fautif, leurs flammes le calcineraient.

Le scribe s'élança.

La démone, elle, s'écrasa contre la paroi et poussa des cris de dépit.

*

Perdu au cœur d'un halo rougeâtre, ne distinguant aucune forme, Setna ne ressentait pas la moindre douleur et se mouvait sans difficulté. La brume se dissipa, il aperçut un canal qui irriguait une palmeraie, à la lisière du désert.

Un être à tête d'ibis le contemplait ; dans ses mains, le dieu Thot tenait un œil posé sur une corbeille en or.

Le scribe se prosterna.

— Tu as découvert le livre des paroles divines, et j'en fus irrité, comme Râ lors de la perte de son œil ; mais je l'ai apaisé, et tu as su mériter ma clémence. Prends le trésor que je t'offre et redonne-lui le jour.

Thot, le canal et la palmeraie disparurent ; seul subsista le désert. À l'endroit où se tenait le dieu, un vase.

Le cœur de Setna battit plus fort. S'agissait-il de la relique osirienne ?

Il ôta le couvercle. À l'intérieur, un papyrus ; le scribe déchiffra le texte :

Formule pour la venue de l'œil complet. Qu'il soit dit : « Thot a rapporté l'œil sacré qu'il a apaisé après que la lumière divine lui eut confié la mission de le retrouver. La colère de Râ était terrifiante, Thot réussit à l'apaiser. Si je suis intact, il est intact. »

Prononce ce texte quand tu seras purifié ; c'est l'un des secrets du royaume de dessous terre[1].

Ce n'était pas le vase scellé, mais un texte précieux de l'époque des grandes pyramides, que Setna aimait tant. Un mode d'emploi l'accompagnait :

Dessine sur une bandelette rouge, provenant de l'atelier divin, un faucon à tête humaine portant la double couronne, et que ce matériau vierge soit placé à son cou. Lors de la lecture de cette formule, qu'un individu mauvais et vil ne voie ni n'entende.

Le scribe roula le papyrus et accrocha la ficelle qui le maintenait à son amulette en forme de lion. En omettant de la détruire, la démone avait commis une lourde erreur.

Les yeux du fauve scintillèrent.

— Ouvre les portes des enfers, exigea Setna, et ramène-moi au monde des vivants.

*

Les lampes de la chambre aux murs de lapis-lazulis et de turquoises étaient éteintes, mais le rayonnement des pierres suffisait à l'éclairer. La substance visqueuse répandue par Fleur n'entravait plus les jambes de Setna, et la sorcière à la gueule d'enfer s'était transformée

---

1. Chapitre 167 du *Livre des Morts* qui précise : « Ce texte est transcrit conformément à ce qui fut rédigé par le prince Djedefhor (Ancien Empire), qui le trouva dans un coffre secret, ce texte étant écrit par une main divine, dans le temple d'Ounout, maîtresse d'Ounou (l'Existence), alors que le prince voyageait afin d'inspecter les temples, les cités, les campagnes et les buttes des divinités. Le texte à prononcer est un secret et un mystère de la matrice stellaire et du royaume de dessous terre. »

en une ravissante jeune femme, allongée sur le grand lit, les seins dévoilés.

Elle se redressa.

— Tu es revenu... J'admire ton courage et ta force, Setna ! Ainsi, tu as contemplé le monde où les dieux comptent m'enfermer à jamais.

— De quel crime t'es-tu rendue coupable ?

Son regard se détourna.

— L'amour et la haine... Cette confusion déplaît aux juges de l'au-delà ! Toi, en revanche, tu peux me comprendre et me sauver.

— N'as-tu pas tenté de me tuer ?

— Je voulais seulement t'effrayer ! Thot m'a sortie de l'enfer pour te châtier, toi, le voleur de son livre. C'est lui qu'il faut combattre.

— Thot m'est apparu et m'a accordé son pardon.

— Tu mens !

— Sans son accord, aurais-je survécu ?

— Qu'importe, tu disposes des formules de puissance !

— Les dieux t'ont jugée, Fleur, et je ne m'opposerai pas à leur sentence. Eux connaissent la valeur de nos actes.

— Et quand bien même ? Sauve-moi, et je te ferai découvrir des plaisirs inouïs !

— Ils ne m'intéressent pas, Fleur.

La démone se dévêtit et se leva, avec une grâce incomparable.

— Jouis de la vie, jeune scribe ; elle est si cruelle qu'elle ne t'épargnera pas ! Profite de ce corps parfait, celui de ta fiancée ne l'égale pas.

— J'ai vu ton véritable visage, ton apparence ne

m'abuse pas. Tu as échoué, Fleur ; regagne la place qui t'a été assignée.

Elle brandit le *Livre de Thot*.

— Échoué ? Oh non ! J'ai acquis ce trésor-là.

— À quoi te servira-t-il ? Tu es incapable de le lire.

Un rictus déforma ses lèvres.

— Tu me crois stupide… Je t'ai observé et j'ai percé ton secret !

Elle déroula le papyrus et le fixa sur sa poitrine à l'aide d'une bande de lin.

— Les signes imprègnent la peau, le sang les transporte au cœur, ils deviennent chair ! Je lirai de l'intérieur, les formules se retourneront contre Thot et je serai libérée ! Je n'ai plus besoin de toi, Setna ; et la magie de mes paroles t'anéantira.

Soudain, Fleur ressentit une brûlure. D'abord légère, elle fut vite insupportable ; ses seins grésillèrent, elle tenta d'arracher la bande de lin.

En vain.

Incandescents, les hiéroglyphes transformèrent la démone en torche hurlante ; continuant à se débattre, elle roula au sol et lutta jusqu'à l'ultime seconde. Lorsque la flamme s'éteignit, cédant la place à une fumée noirâtre et nauséabonde, le corps de la damnée était réduit à un minuscule amas d'ossements calcinés.

Le *Livre de Thot* avait disparu, quittant le monde des humains ; mais il restait présent dans l'âme de Setna, puisque le scribe avait bu les formules de connaissance. Désormais, elles façonneraient sa pensée.

Lui permettraient-elles de retrouver le vase scellé d'Osiris ?

Précipités dans les fournaises de l'enfer, les damnés ont la tête tranchée et les mains liées derrière le dos.
(D'après Champollion.)

28

Le rouquin Ougès, aux mains larges comme des battoirs, convoqua les chefs de divisions des forces armées casernées à Memphis ; s'y ajoutèrent les responsables du matériel et des écuries. En tout, huit officiers supérieurs, fort mécontents d'être interpellés par ce colosse au faciès inquiétant, mais contraints d'obéir aux ordres du général Ramésou.

Leur porte-parole, un quadragénaire au front bas, affronta Ougès.

— Je m'exprime au nom de mes camarades, après concertation ; nous n'apprécions guère cette procédure anormale et souhaitons que cette réunion soit brève et de pure forme.

Le rouquin regarda ses pieds.

Persuadé de l'avoir maté, le porte-parole afficha une mine satisfaite.

— Il est temps de nous retirer, estima-t-il ; nous adresserons un rapport au général.

Formant un bloc compact, les officiers firent demi-tour.

— Un instant, exigea Ougès, la tête toujours baissée.

Jetant un œil de côté, le quadragénaire s'immobilisa.

— Tu parles trop, mon gars, estima le rouquin.

— Pardon ?

— On me regarde, on s'asseoit, et on m'écoute.

Le ton était calme.

— Nous sommes des officiers supérieurs et...

— Parmi vous, annonça Ougès, il y a un ou plusieurs pourris ; et je vais les identifier.

— Je ne te permets pas de...

— Tu la fermes, j'ai les pleins pouvoirs ! À Kadesh, j'ai massacré pas mal de Hittites et botté les fesses des soldats qui s'enfuyaient à la vue de l'ennemi. Alors ici, je ne me gênerai pas.

L'atmosphère s'alourdit.

Mains croisées derrière le dos, Ougès tourna lentement autour du bloc de suspects.

— Ou les pourris se dénoncent, ou ça va devenir très pénible pour vous tous. Bien entendu, les types sérieux ont remarqué des comportements bizarres. Afin d'éviter des brusqueries, il vaudrait mieux coopérer.

Le responsable des écuries se révolta.

— Dénoncer des collègues ? Pas question !

L'énorme main d'Ougès agrippa la tunique du révolté et le souleva de terre.

— Toi, mon bonhomme, tu sais quelque chose !

— Ne le maltraite pas ! intervint le porte-parole. Sinon...

— Sinon ?

Au regard d'Ougès, les officiers préférèrent ne pas s'interposer. Le rouquin reposa le contestataire et le dévisagea.

— Tu causes ou je la joue brutale ?

— Je n'ai rien à me reprocher !

— Et les autres, là, ils sont immaculés ?

— Qui n'a pas de défauts ?

— Un seul m'intéresse : être vendu au réseau syrien.

Le doyen des officiers s'insurgea.

— Tu dépasses les bornes ! Une telle accusation est invraisemblable. Nous sommes au service du roi et du pays, et nul ne conteste notre probité.

— Si, moi ; et je m'impatiente.

— Tu n'oserais pas… nous maltraiter ?

Le silence d'Ougès ne rassura pas.

— Par qui je commence ?

La tension s'éleva ; personne ne doutait de la détermination du rouquin dont le regard scrutait tour à tour chacun des suspects.

Routy ouvrit la porte de la salle d'interrogatoire et dévisagea les officiers.

— Heureux de trouver ici ceux que je cherchais… Des aveux, Ougès ?

— Pas encore.

— Je suis en mesure de te faciliter la tâche, car l'étude des tableaux de service révèle d'intéressantes anomalies.

Aimable, Routy n'était pas moins menaçant que son ami Ougès. Il brandit un morceau de papyrus usagé.

— À la suite de l'examen attentif des documents de l'administration militaire, voici mes conclusions. Elles tiennent en deux noms : le responsable du matériel et celui des écuries. Les autres peuvent sortir.

Les officiers innocentés ne se firent pas prier, les deux inculpés se tassèrent contre un mur.

— C'est un simple malentendu, affirma le responsable du matériel, un bedonnant habitué à son confort.

— J'ai la preuve que tu n'étais pas à ton poste

205

pendant le ratissage qu'a organisé le général Ramésou pour démanteler le réseau syrien, précisa Routy, et j'ai relevé de nombreuses absences inexpliquées. Quant à ton collègue, il a été vu en compagnie d'un docker syrien.

— Normal, protesta le responsable des écuries, il m'apportait du fourrage !

— C'est faux, j'ai vérifié.

— Vous devriez vous méfier, recommanda Ougès, placide ; mon ami Routy paraît gentil, mais je ne connais pas de type aussi violent. Ça se déchaîne d'un coup, et vous allez vous retrouver en piteux état, les membres brisés et les oreilles en moins.

— Vous n'avez pas le droit !

— On a mieux : les pleins pouvoirs. Et on est pressés.

Le bedonnant craqua le premier, préférant la prison au massacre ; et le second suspect l'imita. Tous deux avaient bien été achetés par le réseau de Kalash et lui fournissaient les renseignements en leur possession ; parlant d'abondance, ils donnèrent les noms d'une dizaine de complices appartenant à la charrerie et à l'infanterie. Malheureusement, ils ignoraient la cachette du chef du réseau.

*

L'air ronchon, Némo mastiquait un oignon en observant le patron des instructeurs dresser le poil de jeunes recrues. De petite taille, compact comme un bloc de pierre, les bras énormes, il simulait à peine les coups lors de l'apprentissage du corps à corps, et l'on ne comptait plus les blessés graves.

Le chef instructeur venait précisément de casser la jambe d'un gamin trop lent.

— Ça suffira pour aujourd'hui, bande de mauviettes ! décréta-t-il ; aucun de vous n'est prêt au combat. Demain, on reprendra au début et je ne vous ménagerai pas. Ramassez l'incapable et emmenez-le à l'infirmerie.

Le trapu vida une outre d'eau, essuya sa sueur, fit craquer les jointures de ses doigts et se dirigea vers Némo.

— Dis donc, bonhomme, le spectacle t'intéresse ?

— Pas terrible.

— Ta tête ne me revient pas… T'es qui ?

— Un emmerdeur.

Le chef instructeur eut un vague sourire.

— Et tu me veux quoi ?

— Mon copain Routy est un fouineur-né ; d'après son enquête, tu serais à la solde du réseau syrien.

Le suspect mit les poings sur ses hanches.

— Elle est bonne, celle-là ! Il a des preuves, ton copain ?

— C'est à moi de les obtenir.

— Et comment ?

— Par la force.

— Tu m'amuses, mon gars !

— Et toi, tu m'irrites.

Les deux hommes lancèrent leur assaut au même instant. Entre deux professionnels aguerris, on ne se contentait pas du manuel et l'on donnait dans le coup vicieux. Un désavantage pour Némo : il ne pouvait pas tuer son adversaire dont les yeux étaient animés d'une lueur meurtrière.

Vu les compétences du trapu, Némo s'attendait à

un combat difficile ; s'il ne repérait pas rapidement son point faible, il risquait un pépin. Au terme d'une parade, la certitude jaillit : manque de mobilité. À force d'abîmer des recrues, le chef instructeur oubliait de se mesurer à des lutteurs de son niveau.

Némo prit soin de le fatiguer et, avec vivacité, le contourna afin de lui bloquer la nuque tout en lui enfonçant le genou dans les reins.

Le trapu tenta de se dégager, il lui brisa les poignets et le coucha au sol.

— Maintenant, salopard, tu vas parler.

— Jamais !

— C'est curieux, chez les imbéciles, ce besoin de se sentir supérieurs. Bien sûr que tu vas parler !

Ched terrasse des comploteurs.
(D'après Champollion.)

29

Le ventre creux, la mine ravagée, le marin n'en menait pas large. Enfermé depuis la veille à la prison de Memphis, il n'avait eu droit qu'à de l'eau et du pain rassis. Une arrestation brutale, pas d'interrogatoire, l'isolement... Quelqu'un avait-il découvert la vérité ? Son unique chance d'échapper à la peine capitale : nier et nier encore ! Le marin en était certain : aucune preuve ne pouvait être retenue contre lui. Des témoignages, en revanche... Mais ces témoins-là se condamneraient et avaient donc avantage à se taire !

Être oublié ici à jamais ? Impossible ! L'Égypte avait des lois, il serait jugé et innocenté, au regard des faits.

Enfin, la porte de la geôle s'ouvrit !

Apparut un homme jeune et musclé, aux yeux pétillants.

— Je suis Ched le Sauveur, directeur de la Maison des armes ; as-tu été bien traité ?

— À peu près, sauf la nourriture.

— Ça pourrait s'arranger... ou se gâter.

— Que me reproche-t-on ?

— L'administration est tatillonne, déplora Ched, mais ce défaut est parfois précieux ; grâce aux archives, j'ai retrouvé ta trace. Tu étais le capitaine du bateau qui a mené le prince Setna au milieu du fleuve, à Coptos. La chance m'a servi, puisque tu as repris du service ici, à Memphis. À présent, la vérité.

— Quelle vérité ?

Ched parut attristé.

— Ne partons pas sur de mauvaises bases ! Lors de ton retour, le prince Setna n'était plus à bord.

— Nous avons essuyé une tempête terrifiante, tout à fait inhabituelle, et le malheureux s'est noyé ; mes hommes et moi n'avons pas réussi à le secourir.

— C'est la version officielle, issue de ton rapport.

— Il n'y a rien d'autre à dire !

— Tel n'est pas mon avis.

— Pourquoi douter de mon témoignage ?

— Parce que le prince Setna est vivant.

Le capitaine eut un haut-le-cœur.

Setna, vivant… Il raconterait comment le capitaine et ses hommes s'étaient emparés de lui et l'avaient propulsé dans les vagues déchaînées ! Tous seraient condamnés à mort.

— Cette nouvelle ne te réjouit pas, constata Ched ; étrange, non ?

— Impossible, c'est impossible ! Le prince s'est noyé, je l'ai vu de mes propres yeux !

— Ta réaction te trahit, ordure !

Le Sauveur serra le cou du marin.

— Toi et ton équipage l'avez jeté par-dessus bord, n'est-ce pas ? Pourquoi vouloir vous débarrasser de lui ?

La colère de Ched se déchaînait, le capitaine craignit qu'il ne l'étranglât.

— Il attirait la colère des dieux… C'était lui, le

212

responsable de cette tourmente ! Si nous n'avions pas agi ainsi, le bateau aurait chaviré et nous aurions péri !

— L'as-tu *réellement* vu se noyer ?

— Le fleuve l'a emporté, il a disparu… Le meilleur des nageurs n'avait aucune chance. Et moi, en réalité, je ne suis pas responsable ! Ce sont mes hommes qui ont pris la décision de commettre cet acte abominable… Malgré mes protestations, je n'ai pas réussi à les en dissuader.

Ched fut écœuré.

— Assassin et lâche ! J'espère que les juges t'infligeront le maximum.

*

— Pas de nouvel incident ? demanda Ched à Sékhet.

La jeune femme cueillait des herbes médicinales en compagnie de Geb, vigilant.

— Tout est calme, à l'exception des consultations ; les heures sont trop courtes.

— La ville entière parle de tes dons de guérisseuse, et ta réputation ne tardera pas à parvenir aux oreilles du roi !

— Qu'as-tu à m'apprendre, Ched ?

Le Sauveur ne cacha pas son embarras.

— Rien de fameux… J'ai établi la vérité à propos de la disparition de Setna. Au milieu du fleuve, à hauteur de Coptos, une tempête a menacé de couler le bateau sur lequel il se trouvait ; l'estimant responsable du cataclysme, les marins l'ont jeté dans les flots en furie. Les criminels seront jugés et châtiés.

Le visage de la jeune femme s'assombrit, Geb se coucha à ses pieds.

— Tu ne crois pas qu'il ait survécu…

— Ce serait un miracle, Sékhet.

— Ce miracle a eu lieu, j'en suis certaine.

— J'aimerais tant partager ta conviction !

— Renonces-tu à rechercher Setna ?

— Certainement pas ! Je vais envoyer des enquêteurs à Coptos, ils recueilleront peut-être des témoignages.

Sékhet caressa son chien.

— Inutile, Ched ; il doit être en route pour Memphis. Je l'attends, il reviendra.

Le cœur serré, le Sauveur sortit de l'enceinte rassurante du temple, placé sous étroite surveillance. La jeune femme avait raison : poursuivre des investigations à Coptos serait vain. Il fallait se rendre à l'évidence : Setna était bien mort noyé, et le fleuve n'avait pas restitué son corps, livré aux prédateurs. Un jour, fût-il, lointain, Sékhet serait contrainte d'accepter l'atroce réalité et, cette fois, les funérailles du prince seraient officiellement célébrées.

*

À peine Setna ouvrait-il la porte de la chambre où se calcinaient les ossements de la démone que la pièce s'embrasa. Du fond des coupes jaillirent des flammes, le lit partit en fumée, et le scribe, presque asphyxié, ne dut son salut qu'à sa vivacité. S'extirpant de cet enfer, il referma derrière lui l'épaisse porte en bois, espérant qu'elle contiendrait l'incendie.

Il dévala l'escalier et traversa l'antichambre dévastée, baignée d'une lumière grise. Murs dégradés, débris de meubles, morceaux de linges souillés, poussière recouvrant le sol… Setna avait hâte de retrouver l'air libre.

Pas de fenêtre, pas d'ouverture.

Et l'accès principal avait disparu. Des murs, seulement des murs... Se sentant pris au piège, le scribe essaya de garder son calme et de repérer une issue. Entre deux colonnettes en sycomore, une paroi comportait des trous ; ramassant un tesson de poterie, Setna l'utilisa pour agrandir l'un d'eux.

Le plâtre s'effrita, l'ouverture fut suffisante, et Setna quitta l'antichambre.

Une deuxième pièce, semblable à la précédente, encore plus délabrée. Sous ses pieds, le sol s'enfonça, il dut bondir afin d'éviter un gouffre ; longeant une paroi humide, couverte de moisissures, le scribe atteignit le mur du fond, orné de colonnettes semblables aux précédentes. Se servant d'un pied de chaise, il le fracassa.

Une troisième pièce, identique.

Revenir en arrière ? Impossible, à cause d'une épaisse fumée ; s'il ne progressait pas, il périrait asphyxié.

Setna courut, soulevant un nuage de poussière ; le plafond tombait en morceaux, les murs semblaient bouger et se resserrer. Et cette fois, la paroi du fond résista aux coups que le jeune homme frappait avec son outil dérisoire.

L'air commençait à manquer, la fumée envahissait le local. La démone avait transformé cette maison en traquenard ; si elle échouait, le scribe n'échapperait pas à la mort. Au-delà de sa propre disparition, elle exerçait sa vengeance.

En lui résonna le dernier message de son enseignant de la Maison de Vie, le Chauve, qui lui avait transmis les éléments fondamentaux de la langue sacrée, recelant les paroles des dieux ; ce maître lui avait offert l'amulette en forme de lion dont il ne devrait jamais se séparer et qu'il portait toujours à son cou. Le lion, incarnation de Chou, l'air lumineux, créateur de vie ; le lion, symbole du passé et de l'avenir, gardien inflexible des portes de temple.

Setna pointa l'amulette vers le mur.

— Déploie ta puissance, ouvre-moi le chemin.

Une fumée âcre agressait le jeune homme, il peinait à respirer ; bientôt, il s'effondrerait.

Les yeux du lion flamboyèrent puis lancèrent deux rayons de lumière qui transpercèrent le mur ; le souffle d'une tempête souleva Setna et le projeta sur un sentier herbeux, à bonne distance de la demeure maléfique.

S'assurant de la présence de l'amulette, redevenue une simple pierre, il regarda brûler la maison où Fleur, la démone surgie de l'enfer, avait été anéantie.

Le regard du lion protecteur
perce les ténèbres de la terre.
(D'après Champollion.)

30

Attendant les résultats des enquêtes menées par Ched le Sauveur et ses trois compagnons, le général Ramésou avait décidé, accompagné d'une escorte, de se rendre à l'improviste à la villa du superviseur des greniers Kékou. Il était temps de lui communiquer des informations majeures, d'observer ses réactions et de mieux comprendre ce personnage énigmatique. Ramésou supportait mal d'avoir été accusé, par Sékhet, de complicité avec ce père qu'elle détestait ; cette fois, il fallait éclaircir la situation.

La villa de Kékou était la plus vaste et la plus belle de Memphis ; située dans un cadre enchanteur, elle bénéficiait d'un jardin peuplé de nombreux arbres et d'une pièce d'eau incomparable.

Le portier s'était empressé d'alerter son maître, lequel avait aussitôt rejoint Ramésou qui, arpentant l'allée principale, admirait les massifs de fleurs. D'un tempérament peu bucolique, habitué aux rudes conditions des casernes, il appréciait ce bref moment de détente.

— Général, quel plaisir de vous recevoir chez moi ! Vous auriez dû me prévenir, j'aurais pu être absent. Mon cuisinier va préparer un repas digne de vous ;

souhaitez-vous vous asseoir à l'ombre de la pergola et boire du vin blanc ?

— J'aime autant marcher, ce jardin est un paradis ; et notre entretien doit rester confidentiel.

— Des nouvelles inquiétantes ?

— Au contraire, excellentes ! Et je tenais à vous les apprendre moi-même.

— Je suis sensible à cet honneur.

— Commençons par l'essentiel : votre fille Sékhet est vivante et indemne.

Un large sourire illumina le visage massif de Kékou.

— J'ai tellement espéré ce moment ! Vous me procurez une immense joie, général. Où se trouve-t-elle ?

— Au temple de la déesse-Lionne, sous haute surveillance ; la Supérieure lui a confié la direction du dispensaire où elle fait des merveilles.

Le sourire de Kékou disparut.

— Pourquoi ne rentre-t-elle pas ici ?

La stupeur et la déception du superviseur des greniers étaient manifestes.

— C'est délicat...

— Vous, son futur époux, lui avez parlé ?

— En effet.

— Vous a-t-elle donné des explications ?

— Rien de très précis... Elle désirait conquérir son indépendance et, surtout, exercer son art de thérapeute. La Supérieure du temple de Sekhmet lui en a fourni l'occasion, et votre fille lui offre toute satisfaction. C'est un lourd travail, mais elle l'accomplit avec un remarquable talent.

— Une fugue de jeunesse, conclut Kékou ; même si elle me blesse, je peux l'admettre. Sékhet avait besoin de s'affirmer et, conformément à son caractère, elle a choisi la difficulté. Comment le lui reprocher, puisqu'elle a réussi ? J'admire sa détermination et, quand elle le souhaitera, je la serrerai dans mes bras.

Ramésou était troublé, ne doutant pas de la sincérité de Kékou. Cet homme-là, décidément, ne pouvait pas être un monstre !

— Et votre mariage, général ?

— Sékhet refuse encore de croire à la disparition tragique de Setna, il faut laisser au temps le soin de faire son œuvre et de refermer cette blessure. Ensuite, nous envisagerons un avenir commun.

— Votre délicatesse me touche, Ramésou.

— Je connais les femmes. Votre fille, il est vrai, est un être exceptionnel qui m'est destiné. La patience n'est pas mon fort, mais les circonstances l'imposent.

— Soyez-en remercié.

— Autre excellente nouvelle concernant votre carrière : le ministre de l'Économie vous a depuis longtemps désigné comme son successeur, et il a fini par imposer ses vues à l'ensemble de la cour. Il proposera prochainement votre nomination au roi, et vous serez appelé à Pi-Ramsès.

Kékou parut contrarié.

— Existerait-il une ombre ? s'inquiéta le général.

— Une seule : votre jugement. M'estimez-vous digne d'une si haute fonction ? Un avis négatif de votre part m'obligerait à renoncer.

Flatté, Ramésou tint à prendre un temps de réflexion ; l'opinion du fils aîné du souverain pesait un poids certain, et il adopta un ton empreint de gravité.

— Je n'émettrai pas d'opposition à votre nomination, car vos compétences sont reconnues et appréciées. Votre prédécesseur a géré de façon parfaite les finances publiques, il ne s'est pas prononcé à la légère. Si vous ne vous montriez pas à la hauteur de votre tâche, Sa Majesté s'en apercevrait vite et vous remplacerait.

— Votre confiance m'est précieuse, déclara Kékou, le regard baissé. Déjeunerons-nous ensemble ?

— Désolé, une importante réunion d'état-major m'attend ; ce n'est que partie remise.

*

La petite salle du palais royal de Memphis, d'ordinaire réservée au chef des scribes comptables, était hors d'atteinte des yeux et des oreilles. Deux gardes en interdisaient l'accès.

— Alors, ces résultats ? demanda Ramésou.

— Le prince Setna ne s'est pas noyé de manière accidentelle, révéla Ched le Sauveur, il a été précipité dans le fleuve par l'équipage du bateau. Tous les coupables ont été arrêtés. Mon rapport comporte les détails de la tragédie et les aveux des criminels.

Ched remit le document au général, bouleversé.

— Mon frère, assassiné… Cette bande de lâches mérite le châtiment suprême ! Croyez-moi, le procès ne traînera pas. Leurs révélations nous procurent-elles un espoir ? Peut-être Setna a-t-il survécu !

— Aucun témoignage ne conforte cette hypothèse, déplora Ched.

La colère de Ramésou se déchaîna.

— Briser ainsi une vie, quelle abomination ! Comment ces cloportes ont-ils osé ? Si la loi m'y autorisait, je les détruirais de mes propres mains ! Setna… Toi, mon frère qui ne reviendra pas… Pourquoi les dieux ont-ils été aussi cruels ?

— Sékhet pense qu'il est toujours vivant.

Le général se calma.

— Je tenterai de l'apaiser et de la ramener à la réalité ; lorsque justice sera rendue, nous honorerons la mémoire de mon frère. À présent, préoccupons-nous des urgences : vos enquêtes ont-elles abouti ?

En tant que chef du commando, Ched répondit au nom de ses hommes, sans oublier de souligner leurs mérites.

— Les complices du réseau syrien ont été identifiés et arrêtés ; les principaux meneurs, le chef instructeur et les responsables de l'armement et des écuries se sont montrés prolixes. Maintenant, nous disposons de la liste complète de leurs subordonnés, plus ou moins corrompus. Routy, Ougès et Némo ont fait de l'excellent travail, et nous comprenons pourquoi votre opération de ratissage a échoué.

— Ces aveux ont-ils été obtenus… en douceur ? s'inquiéta Ramésou.

— Presque ; et les corps d'armée de Memphis sont nettoyés. Ce n'est pas tout.

— Une autre gangrène ?

— Une information capitale ; à Némo de s'exprimer.

Le colosse croqua son oignon.

— Ben voilà… En bousculant un peu ce salopard d'instructeur, j'ai senti qu'il en savait beaucoup. Alors, on a discuté de Kalash, le chef du réseau syrien. Sur le ton de la confidence, il m'a dit où il se cachait.

— Sans doute un mensonge destiné à nous égarer !

— Je ne crois pas, avança Némo car j'ai horreur de ce genre de gaminerie ; côté sincérité, j'ai touché le fond du bonhomme. Sinon, je me serais énervé, et il n'en avait pas trop envie.

Le général ressentit une certaine excitation.

— Cette cache ?

— Un bateau en réfection, au chantier naval.

— Et personne ne préviendra Kalash de notre arrivée ! Beau travail. Ched, je te charge d'organiser la prise de cette anguille.

— À ma manière ?

— À ta manière. Une seule condition : je le veux vivant. C'est lui, le mage noir qui a volé le vase scellé d'Osiris, et il doit nous révéler l'endroit où il l'a dissimulé.

— Sur ce point, général, nous sommes en désaccord.

Ramésou n'appréciait guère ce style de remarque et, en temps ordinaire, il aurait renvoyé Ched aux arrêts de rigueur ; vu les circonstances, il avait besoin de ce baroudeur et de ses compagnons.

— Quelle est ton opinion ?

— Celle de la dame Sékhet : son père, Kékou, est un personnage dangereux. La tête du réseau, c'est lui ; et lui seul connaît l'emplacement du vase.

Contrarié, le général affirma sa position.

— Je viens de rencontrer le superviseur des greniers et je lui ai appris deux bonnes nouvelles : le retour de sa fille, saine et sauve, à Memphis, et sa prochaine nomination au poste de ministre de l'Économie. L'hostilité passagère de Sékhet le blesse profondément, mais il n'éprouve aucun ressentiment à son égard.

— Il a tenté de la tuer, protesta Ched, et quantité d'indices convergent pour le désigner comme notre principal adversaire !

— Des indices, pas de preuves formelles, objecta le général ; je m'y connais en hommes, et celui-là est un excellent serviteur de l'État.

— Sauf votre respect, Kékou vous a envoûté.

222

— Envoûté, moi ? Ne dépasse pas les bornes, Ched !

— Je propose d'investir la villa de ce mage pendant que nous arrêterons Kalash ; ainsi, le réseau entier sera démantelé et son véritable chef réduit à l'impuissance. Quant à le faire parler, ce ne sera pas une mince affaire.

— On y parviendra, promit Némo en mâchonnant un oignon frais.

— Hors de question, trancha Ramésou ; nous appliquerons ma stratégie et vous obéirez à mes ordres. Ma conviction est établie ; la discorde entre Sékhet et son père est d'ordre privé ; tôt ou tard, ce regrettable conflit prendra fin et elle acceptera de devenir mon épouse. Ne vous préoccupez que de Kalash, plus dangereux qu'un serpent, et qui a déjà prouvé ses talents maléfiques ; le vase d'Osiris se trouve peut-être sur le bateau. En ce cas, notre succès sera total.

Aucun des quatre hommes du commando ne manifesta le moindre enthousiasme ; mais à quoi bon discuter davantage ? Restait à prier le destin de donner raison au général.

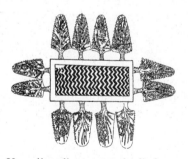

Une pièce d'eau entourée d'arbres,
au cœur d'une somptueuse villa.
(D'après Rosellini.)

31

Le premier rayon de soleil réveilla Setna qui s'était assoupi en contemplant la fin de l'incendie de la demeure hantée. Épuisé, il n'avait dormi que deux heures et peina à se remettre debout. Pourtant, il lui fallait rentrer au plus tôt à Memphis et reprendre le combat après ce cuisant échec ; manipulé par la démone, il avait cru découvrir la cachette du vase scellé. Amère déception qu'il devait vite oublier en tirant les leçons de sa naïveté.

Durant son errance, que s'était-il passé à Memphis ? Sékhet avait-elle échappé à Kékou, le mage continuait-il à étendre son influence ? Le jeune homme longea le Nil afin d'atteindre le port de Bubastis et d'y embarquer à destination de la grande cité, placée sous la protection de Ptah. Suffirait-elle à endiguer le malheur ?

Plusieurs bateaux étaient en partance ; alors qu'il abordait une passerelle avec l'intention de solliciter le capitaine, une voix s'éleva derrière lui.

— C'est lui, je le reconnais ! Arrêtez-le !

Une dizaine de policiers entourèrent Setna ; le directeur du laboratoire du temple de Bubastis accourut, essoufflé.

— Tu es le mari de Fleur ! Où se cache-t-elle ?

— Elle a péri dans l'incendie de sa maison, non loin d'ici.

— Morte… Elle a dérobé des bracelets et deux colliers rituels. Un forfait d'une gravité exceptionnelle ! Et toi, tu es son complice.

— Nous n'étions pas mariés ; un simple simulacre.

— Pourquoi nous tromper ainsi ?

— Nous y étions contraints.

— Misérable réponse ! Un couple de voleurs décidé à piller notre temple, voilà ce que vous êtes ! Tu vas le payer cher. Amène-nous à cette maison, nous y trouverons sûrement ta complice et son butin.

— Fleur n'était ni ma compagne ni ma complice. Je suis…

Le bâton d'un officier frappa le dos du jeune homme ; surpris, il s'effondra.

— Si tu veux éviter une bastonnade, conduis-nous.

— Ensuite, me laisserez-vous m'expliquer ?

— On verra.

Les policiers fouillèrent les débris calcinés, étonnés par la violence de l'incendie ; les restes de Fleur n'étaient pas identifiables, mais le directeur du laboratoire fut ravi de récupérer les bijoux rituels, mis à l'abri dans un coffret en acacia.

— Ta bonne volonté atténuera ta peine, jugea-t-il, et tu seras jugé pour complicité de vol. À moins qu'on ne t'accuse d'assassinat… En attendant, la prison te rendra docile.

— Je suis le prince Setna, fils de Ramsès le Grand, et je dois regagner d'urgence Memphis. Si tu m'en empêches, sous des prétextes qui seront reconnus fallacieux, tu auras de sérieux ennuis.

La soudaine autorité du jeune homme troubla le technicien.

— Tu te moques de moi... C'est impossible !

— Pourquoi inventerais-je une telle fable ?

— Les voleurs sont capables de tout ! La prison te clouera le bec.

— La vérité éclatera, et ton châtiment sera à la mesure de ta bêtise.

Le calme du ton et l'allure du scribe inquiétèrent l'accusateur ; à bien le regarder, ce garçon pouvait être un prince.

— Allons au temple, proposa Setna ; j'y prouverai ma qualité à la grande prêtresse.

Estimant ce compromis acceptable, puisqu'il le débarrassait d'une responsabilité à hauts risques, le directeur du laboratoire accepta.

*

Sexagénaire, initiée aux mystères de Bastet et d'Isis, la grande prêtresse du sanctuaire de Bubastis écouta avec attention le récit de Setna. Elle ne s'étonna pas de la mort tragique de la démone, car il fallait souvent lutter contre des esprits errants, désireux de semer maladie et violence ; en revanche, elle resta sceptique lorsque son hôte évoqua le *Livre de Thot* et un secret d'État.

— Nul humain ne saurait posséder ce livre, affirma la grande prêtresse.

— Je l'ai découvert au milieu du fleuve, à Coptos, et j'ai bu les formules sacrées.

— Cette prétention rend suspecte toute ton histoire !

— Éprouvez-moi, et vous constaterez que j'ai dit la vérité.

227

La réflexion de la Supérieure fut brève.

— Je te préviens, tu perdras la vue et les mains.

— Éprouvez-moi.

La grande prêtresse s'absenta de longues minutes et revint en exhibant une bandelette rouge. Elle la posa devant Setna.

— Si tu connais le contenu du *Livre de Thot*, si le dieu de la connaissance t'a permis de le consulter, tu sauras quoi inscrire sur ce support. Utilise le matériel de scribe à ta disposition.

Ému, Setna toucha de nouveau une palette, un pinceau et délaya de l'encre. D'une main sûre, il dessina un faucon à tête humaine portant la double couronne, la rouge de Basse-Égypte et la blanche de Haute-Égypte. Puis il présenta la bandelette à la grande prêtresse.

— Selon les préceptes de Thot, la porter au cou protège contre les coups du sort.

La Supérieure se leva et s'inclina.

— Prince Setna, vous êtes bien le disciple du dieu ; cette étoffe est vôtre.

— Permettez-moi de vous l'offrir et de préserver ainsi votre temple.

— L'avenir serait-il sombre ?

— Ni le roi ni ses fidèles ne baisseront les bras.

— Puis-je vous aider ?

— Procurez-moi un bateau rapide qui m'emmènera à Memphis.

*

Le général fut heureux de constater que le dispositif de sécurité mis en place autour du temple de la déesse-Lionne ne présentait aucune faille ; désormais,

Sékhet n'aurait plus à redouter la moindre agression. En demeurant ici, jusqu'à l'anéantissement du réseau syrien, elle exerçait son art en parfaite tranquillité. Ensuite, elle découvrirait d'autres horizons.

Avec l'autorisation de la Supérieure, une ritualiste amena le général à la lisière du domaine réservé aux prêtresses permanentes. En s'asseyant sur un banc de pierre, il admira un jardinet où s'épanouissaient des iris et des chrysanthèmes ; en cet endroit paisible, à l'écart des soubresauts du monde extérieur, comment imaginer que l'Égypte fût en péril ?

Après la victoire de Kadesh, le pays se croyait invincible ; Ramsès n'avait-il pas repoussé les féroces Hittites ? Son fils aîné maintenait l'armée en état d'alerte et renforçait les frontières, les lendemains s'annonçaient radieux. Et Kalash, ce maudit Syrien, osait l'obscurcir !

À la vue de Sékhet, la colère du général s'apaisa ; lors de chacune de leurs rencontres, le charme de la jeune femme opérait.

— Vous désiriez me parler ?

Ramésou se leva.

— J'ai rencontré votre père.

— Est-il enfin hors d'état de nuire ?

Le général se racla la gorge.

— Kékou sera bientôt ministre de l'Économie, et...

— C'est une folie ! Pourquoi refusez-vous d'admettre qu'il est un criminel et qu'il n'a qu'une obsession : instaurer le règne des ténèbres ?

— Pardonnez ma brutalité, Sékhet, mais il me semble que vous dramatisez la situation ; votre père comprend votre volonté d'indépendance et vous pardonne des moments d'égarement. Son vœu le plus cher est de vous serrer au plus tôt dans ses bras, et le mien de vous prendre pour épouse.

Le regard de la jeune femme mit le général mal à l'aise.

— Jamais encore l'Égypte n'avait connu un mage possédant la puissance de Kékou ; il vous a envoûté au point de vous faire perdre toute lucidité.

— Vous vous trompez, Sékhet, vous…

— C'est vous qui commettez une grave erreur, Ramésou, et compromettez l'avenir des Deux Terres. Si vous n'ouvrez pas les yeux, Kékou vous écrasera et aura le champ libre.

Sékhet s'éloigna, Ramésou n'avait pas eu le temps de lui parler de mariage, et cette démarche diplomatique s'achevait en fiasco. Le fossé entre la fille et le père ne serait pas facile à combler, mais le général ne désespérait pas de parvenir à ses fins. Le caractère vif de la thérapeute lui plaisait, elle se montrerait digne de lui et n'aurait aucune peine à séduire la cour, en imposant sa forte personnalité.

À présent, l'urgence : briser les reins du réseau syrien, arrêter son chef, le mage Kalash, et récupérer le vase scellé d'Osiris afin de le remettre au pharaon. Au terme de cet exploit, le fils aîné de Ramsès apparaîtrait comme un héros.

Coiffé de la double couronne, Horus, protecteur de la royauté,
vogue sur sa barque parmi les étoiles.
(D'après Champollion.)

32

La nuit était l'alliée de Kékou qui ne craignait ni les scorpions ni les serpents en maraude ; et cette nuit-là possédait une magie particulière puisque, pour la première fois depuis le vol, il allait revoir le vase scellé d'Osiris.

Là où il l'avait caché, personne ne le trouverait.

Maîtrisant son émotion et son impatience, il prit mille précautions et s'assura, grâce à son instinct infaillible de prédateur, de ne pas avoir été suivi. Rassuré, il dégagea l'entrée du long couloir que l'on croyait obturé par des pierres et dont l'existence avait été oubliée.

Tout au long du parcours, Kékou avait semé des pièges ; un improbable curieux n'y survivrait pas. Au terme du chemin, il arriverait à la cache du trésor des trésors.

Le vase du dieu de la résurrection brillait dans les ténèbres, mais sa lueur s'était modifiée ; son énergie luttait contre le papyrus, couvert de textes maléfiques, qui entourait son pied. Longtemps encore elle résisterait, avant de devenir une puissance destructrice, et le processus eût été accéléré si Kékou avait disposé des pouvoirs de sa fille Sékhet. Tôt ou tard, il la ramènerait vers lui, et elle céderait, percevant enfin l'importance de l'enjeu.

En contemplant le vase scellé, le mage vit d'immenses flammes ravager la terre d'Égypte, les flots du Nil en furie noyer bêtes et humains, les arbres s'abattre ; impuissant, le pharaon assisterait au désastre et au triomphe du Mal, le véritable matériau que Kékou saurait utiliser afin de bâtir un autre monde où la mort, remplaçant la Règle de Maât, serait la loi suprême. Saisir la création à son origine impliquait d'en passer par là et de tourner définitivement le dos à cette civilisation fondée sur la rectitude, l'harmonie et la communion avec les divinités. Une seule intéressait Kékou : la terrifiante Sekhmet, détentrice du feu issu de l'œil du soleil.

Sans en avoir pleinement conscience, sa fille, initiée aux mystères de la déesse, connaissait sa véritable nature et maniait son souffle en guérissant des malades ; piètre résultat, en comparaison des immenses possibilités en sommeil !

Kékou ne se croyait pas capable de s'emparer du vase d'Osiris et de ressortir indemne de la tombe maudite, refuge réputé inviolable, mais il avait réussi ; puis il avait douté de la transformation de l'inestimable relique en arme d'anéantissement qu'il pourrait contrôler.

Et ce prodige s'accomplissait devant ses yeux.

Peu à peu, les lymphes d'Osiris, destinées à la résurrection des « Justes de voix », perdraient cette efficacité première pour répandre des effluves mortels. Au mage de déployer sa science afin d'aboutir à ce résultat, qui lui assurerait la suprématie sur n'importe quel adversaire et lui permettrait de réaliser son grand projet.

Au moment de prononcer des formules d'envoûtement réduisant la résistance des lymphes, Kékou éprouva un malaise.

Quelque chose tentait de freiner sa démarche. Quelque chose ou… quelqu'un ? Ici, en ce lieu perdu, inaccessible, ses perceptions étaient décuplées. En regardant la lame de son poignard, imprégnée du sang d'un bélier, il comprit la raison de son trouble.

La vision était nette : Setna, à l'avant d'un bateau ! Setna, bien vivant. Une seule explication : il possédait les formules du *Livre de Thot* et devenait un ennemi redoutable, capable de surmonter les pires obstacles.

Sans doute faisait-il route vers Memphis, déterminé à poursuivre le combat et à rejoindre Sékhet ; et ce maudit scribe l'éloignerait de son père ! Irrité, Kékou prononça les formules, resserra le papyrus maléfique autour de la relique et regagna le monde extérieur.

Des milliers d'étoiles brillaient, la nuit était douce. Sur la terrasse de sa villa, le mage déploierait le matériel nécessaire pour entraver la marche du bateau et voler l'âme de Setna en réduisant à néant la science de Thot qu'elle avait absorbée. Le prince se viderait de sa substance vitale, sa pensée se troublerait, sa mémoire du cœur se liquéfierait, et il n'atteindrait jamais Memphis.

*

D'ordinaire si calme, Vent du Nord ne cessait de s'agiter et refusait un appétissant repas, composé d'herbes fraîches que le Vieux avait déposées dans sa mangeoire.

— Oh là, mon gaillard ! Serais-tu malade ?

L'oreille gauche se leva.

— Non, tant mieux… C'est quoi alors ? Un danger à l'horizon ?

L'oreille droite se dressa à la verticale.

— Sékhet menacée ?

Réponse négative.

— Quelqu'un d'autre ?

Réponse positive.

— Pour te mettre dans cet état-là, ce doit être sérieux !

Le Vieux se gratta le menton.

— Pas possible ! Ce serait…

L'oreille droite se redressa.

— Message reçu, Vent du Nord ! Je m'en occupe.

L'âne se calma. Le Vieux, lui, prit ses jambes à son cou et, malgré des articulations récalcitrantes, rejoignit le dispensaire en un temps record.

Malheureusement, Sékhet était occupée à réconforter une grincheuse en excellente santé, qui se plaignait d'une fatigue permanente, de jambes lourdes, de migraines, d'une vue brouillée et d'une incapacité à travailler.

Après avoir trépigné quelques minutes, le Vieux poussa la porte.

— Un cas grave, déclara-t-il.

La patiente sursauta.

— C'est moi, le cas grave !

— Ça, c'est sûr, mais vous survivrez jusqu'à demain ; allez donc boire un bon coup, vous y verrez plus clair.

— Docteur, je proteste, je…

Douce et ferme, Sékhet raccompagna la dolente.

— Ne vous inquiétez pas, vous guérirez.

Le chien Geb s'était brusquement réveillé et, les yeux inquiets, tournait sur lui-même, la langue pendante.

La paresseuse s'éloigna en marmonnant.

— Que t'arrive-t-il ? demanda Sékhet au Vieux.

— À moi, rien ; mais Setna est en grand danger.

— Comment le sais-tu ?

— Vent du Nord m'a alerté ; et regarde Geb ! Il faut conjurer le sort, et vite !

Souffrant d'arthrose, le boulanger du temple venait consulter.

— Présente-lui mes excuses et fais-le patienter.

Sékhet courut en direction du sanctuaire, le Vieux saisit le boulanger par les épaules.

— Un souci ?

— Cette saleté qui me ronge les os…

— Tu bois quoi ?

— Du blanc ordinaire.

— Erreur fatale ! L'ordinaire conduit au désastre. Je te prescris un rouge charpenté, l'amélioration sera rapide.

*

Le cou enveloppé de la bandelette rouge qu'avaient façonnée les sept fées, Sékhet se prosterna face à la statue en diorite de la déesse-Lionne ; passant à travers une lucarne haute, un rayon de soleil éclairait le sceptre de la déesse assise sur son trône.

— Je t'implore, Sekhmet, de secourir le prince Setna, car son existence est menacée ; je ne songe pas à l'homme que j'aime, mais au guerrier chargé de lutter contre le voleur d'âmes, le mage Kékou. Si

Setna périt, Kékou étendra son empire, et la tempête qu'il déclenchera ravagera le pays entier. Écarte ce malheur, Sekhmet, protège Setna, donne-lui la force de combattre !

Les yeux de la lionne rougirent, sa bouche s'entrouvrit, elle émit un rugissement dont la profondeur ébranla la jeune femme.

— Je suis ta servante, tu m'as accueillie au sein du désert, mon corps porte ta marque. Utilise-moi à ta guise, sauve Setna !

La tête du fauve s'inclina.

Sékhet ressentit une brûlure à l'épaule gauche, comme si la griffe de la lionne, gravée dans sa chair, s'enfonçait plus profondément.

La douleur s'estompa, la déesse reprit sa posture hiératique, dominant le monde des humains, qu'elle aurait massacrés sans l'intervention de Thot.

La prêtresse osa lever les yeux ; puisque Sekhmet lui avait répondu, elle gardait espoir.

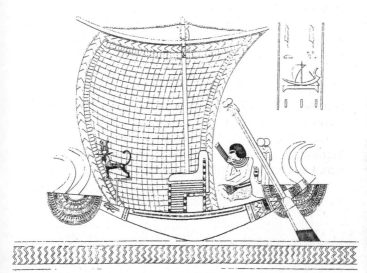

Seul sur son bateau à la voile déployée, et protégé par un
sphinx, Setna se dirige vers Memphis.
(D'après Champollion.)

33

Le ton monta très vite.

— Comment, pas de militaires ? s'insurgea le général Ramésou ; ce sont mes hommes qui porteront le coup fatal !

— Que vous désiriez recueillir les fruits d'un éventuel succès m'importe peu, déclara Ched, mais j'exige le respect de notre pacte : j'ai l'initiative et j'applique ma méthode. En cas d'échec, je serai le seul responsable et vous pourrez me désavouer auprès du roi.

— Je n'ai pas la moindre envie d'un désastre ! Et je pense à l'Égypte, non à ma gloriole. Cette méthode, quelle est-elle ?

— Le chantier naval est forcément truffé de guetteurs à la solde de Kalash ; ce serpent nous a échappé à plusieurs reprises, sa méfiance ne cesse de croître. À la vue du premier soldat, il sera prévenu et s'enfuira.

— Admettons, reconnut Ramésou à contrecœur ; solution ?

— La marine bouclera le secteur à bonne distance et interceptera tout bateau qui tenterait de briser son blocus ; et l'infanterie, elle aussi à bonne distance, formera une muraille invisible autour du port et du chantier naval, de manière à empêcher l'évasion de Kalash et de ses proches, s'ils parvenaient à nous distancer.

— Nous, c'est-à-dire…

— Routy, Ougès, Némo et moi.

— Seulement vous quatre ?

— Avec l'appui d'une petite force arrière que je vais mobiliser. Une équipe légère et mobile, agissant de nuit, c'est notre meilleure chance.

— Risque maximum !

— Il y a du vrai. Votre approbation ?

Rompu aux rigueurs de la stratégie militaire, le général peinait à suivre les démarches insensées de Ched le Sauveur ; étant donné la situation, peut-être avait-il raison.

— Pas d'imprudence, nous devons réussir !

— Mes hommes et moi, on a une revanche à prendre sur ce salopard.

*

Sobek, le chef de la police, aimait déjeuner dans son bureau en compagnie de l'exemplaire babouin Douty. Ils se partageaient des côtelettes d'agneau, des galettes d'épeautre et des dattes ; Douty ne dédaignait pas un doigt de bière légère.

Aucun incident en ville, une sécurité restaurée, une équipe solide et honnête… Sobek pouvait se féliciter de son travail, patient et méticuleux ; désormais à la tête d'un corps de qualité, le chef de la police appréciait le retour à la quiétude. Un souci, cependant : la présence, à Memphis, du général Ramésou. Ne signifiait-elle pas que des activités souterraines se poursuivaient à son insu ? Et cet insu-là lui convenait tout à fait ! Son domaine se limitait à sa ville chérie, il ne souhaitait pas en savoir davantage.

La visite de Ched le Sauveur ne l'enchanta pas.

— Rien à signaler, Sobek ?

— Rien de rien. La ville est calme.

— Ça dépend des endroits...

— Ces endroits-là relèvent-ils de ma compétence ?

— Un coup de main de ta part serait apprécié en haut lieu.

— Ah...

— Connaissant ton sérieux, l'un de tes hommes travaille forcément au chantier naval.

— Eh bien...

— Tu as intérêt à jouer franc jeu ; Kalash s'y dissimule, et je dois l'appréhender vivant.

— Ah...

— Mon commando effectuera l'opération dont la réussite dépend des informations que me fournira ton policier infiltré.

— Pas de problème.

— Lors de l'arrestation, ton aide ne serait pas superflue ; et tu mériteras une belle récompense.

Sobek fronça les sourcils.

— Une opération... extrêmement dangereuse ?

— Extrêmement.

Le chef de la police regarda le babouin.

— Ça te dit ?

Douty hocha la tête.

— J'ai besoin de me remuer, concéda Sobek ; quand ?

— Cette nuit.

Sékhet aimait le coucher du soleil, ce moment privilégié où la nature, les animaux et les humains s'apaisaient, nimbés du rayonnement de l'astre mourant, qui semblait quitter à jamais le monde des vivants pour affronter les démons des ténèbres. Le Nil se paraît d'or et d'argent, les lampes célestes s'allumaient, le vent du soir revigorait les corps fatigués.

À chaque crépuscule, la jeune femme songeait au jardin de son enfance, aux palmiers, aux acacias, aux perséas, aux sycomores, aux jujubiers, aux parterres de fleurs, au verger, à l'allée conduisant à la pièce d'eau, à ses baignades que saluaient des chants d'oiseaux.

Elle revivait son premier baiser, sa première étreinte, sa première extase… Quoi qu'il advînt, Setna serait son unique amour. En découvrant la communion des âmes et des corps, ils avaient scellé un pacte éternel.

Geb se coucha aux pieds de sa maîtresse, le Vieux apporta deux coupes d'un rosé gouleyant.

— Tu songes à lui ?

— J'ai imploré la déesse-Lionne de venir en aide à Setna et je crois qu'elle m'a entendue.

— C'est certain.

L'affirmation du Vieux intrigua Sékhet.

— Te ferait-elle des confidences ?

— Contemple le couchant… Il porte en lui le mystère de la mort et de la résurrection. Si l'on sait déchiffrer les signes, le destin s'éclaircit ; et le tien est riche de promesses.

— Ne cherches-tu pas à me rassurer ?

— Toi, Vent du Nord et Geb croyez à la survie de Setna ; comment ne pas se rallier à l'opinion d'un tel trio ? Et nous avons déjà surmonté tant d'épreuves ! Échapper à Kékou n'était pas tâche facile.

— Nous ne sommes pas hors d'atteinte, tempéra Sékhet ; mais le retour de Setna, en possession du *Livre de Thot*, contrecarrera les projets du mage.

« Un long chemin, pensa le Vieux en vidant sa coupe, un très long chemin... »

*

Poussé par une forte brise, le petit bateau progressait vite en direction de Memphis ; les quatre hommes composant l'équipage maniaient la voile à la perfection et tenaient à donner satisfaction à leur passager, le prince Setna, lequel avait envoyé une missive au pharaon pour lui apprendre qu'il avait survécu à de nombreuses épreuves et repartait au combat, en espérant porter des coups décisifs à l'adversaire.

Le scribe songeait à Sékhet, l'imaginant entourée de Geb et de Vent du Nord, et bénéficiant de l'assistance du Vieux ; sans doute soignait-elle des malades, exerçant ses dons innés et pratiquant la science acquise auprès de la déesse-Lionne. Ramésou osait-il encore l'importuner ? Persuadé de la mort de son frère, le général n'avait pas dû renoncer à épouser Sékhet !

De quels nouveaux méfaits le mage noir s'était-il rendu coupable, Ched le Sauveur et ses trois compagnons avaient-ils réussi à entraver son action, le réseau syrien était-il démantelé ? Setna avait hâte de connaître les réponses à toutes ces questions et souhaitait le maintien de ce vent favorable.

Un minuscule nuage grossit à vue d'œil, semblant suivre la course du bateau ; il prit la forme d'un poignard, au manche allongé et à l'épaisse lame. Une bourrasque déséquilibra le voilier, deux marins tombèrent à l'eau ; incapables de le regagner, ils nagèrent vers la rive.

— Il faut mettre en panne, dit le capitaine à Setna.

Le malheureux n'eut pas le temps d'entreprendre la manœuvre ; le nuage le happa, lui et le reste de l'équipage, laissant le scribe seul à bord, face à l'énorme lame qui se solidifiait d'instant en instant.

— Kékou… C'est toi, c'est bien toi !

De façon furtive, le visage du sorcier se dessina au cœur de l'arme.

— Me tuer ? Non, tu veux me voler le *Livre de Thot* afin d'acquérir ses précieuses formules et de les ajouter à tes maléfices ! Vaine démarche, Thot a repris son livre. Regarde, il n'est plus fixé à ma poitrine !

En guise de réponse, l'extrémité de la lame traça un sillon sanglant dans la chair du jeune homme ; douloureuse mais superficielle, la blessure n'entama pas sa résistance.

Le nuage changea d'allure, le couteau devint le bec d'un rapace aux ailes noires.

Alors Setna comprit.

— Me percer le cœur et voler mon âme… Voilà ton but ! Ainsi tu me dépecerais de ma pensée et tu possèderais les formules !

Au moment de l'attaque, le scribe se jeta au pied du mât, et le bec ne lacéra que le bois.

Furieux, le prédateur battit des ailes et lança un nouvel assaut auquel sa proie échappa en roulant de l'autre côté du mât, presque fendu en deux ; malgré sa vivacité, Setna paraissait condamné. Bientôt, il n'aurait plus d'abri.

Son amulette flamboya, et la tête du lion ressembla au visage de Sekhmet ; le rugissement de la déesse figea le rapace, et sa voix grave résonna dans les entrailles du scribe.

— N'as-tu pas absorbé le *Livre de Thot* ?

— Je comprends le chant des oiseaux, s'exclama Setna ; toi, l'agresseur aux ailes noires, je parle ton langage !

Setna se redressa et, debout à la proue, défia son adversaire.

— Obéis-moi, que ton bec s'émousse, que tes ailes se déchirent, que ton corps redevienne nuage, par la magie de Thot, le deux fois puissant !

Comme ivre, le rapace tourna sur lui-même, tenta d'attaquer une dernière fois, manqua largement sa cible, puis se décomposa selon les injonctions de la formule.

Le bleu du ciel réapparut, Setna ne s'octroya pas le moindre repos ; en dépit de l'état du mât, le bateau avançait encore, et la voile se gonflait d'un vent du nord soutenu. Memphis n'était plus très loin, il y parviendrait avant la nuit.

Et une constatation lui donnait un immense espoir : le mage Kékou n'était pas invincible.

34

Enfin, la nuit tombait sur Memphis. Une nuit nuageuse, peu d'étoiles visibles, la nouvelle lune… Le manque de luminosité satisfaisait Ched le Sauveur. À distance respectueuse du chantier naval, il étudiait le plan fourni par Sobek, en compagnie de ses trois frères d'armes, du chef de la police et du babouin Douty.

— En apparence, indiqua Sobek, il existe un accès unique que surveillent deux gardes afin d'éviter le vol des outils.

— Et la réalité ?

— D'après le policier infiltré parmi les ouvriers chargés de réparer les bateaux, il en existe un autre, à l'ouest ; là, pas de surveillance. Et les visiteurs nocturnes ne manquent pas.

— Des Syriens ?

— Mon agent a identifié plusieurs dockers qui forment un cordon de sécurité ; craignant d'être repéré et éliminé, il n'a pas osé poursuivre ses investigations.

— Combien de bâtiments au radoub ?

— Quatre. Le premier, un navire de guerre ; le deuxième, un céréalier ; le troisième, un pinardier ; le quatrième, une barge.

— Ougès, décida Ched, tu prends le navire de guerre ; Routy, le céréalier ; Némo, le pinardier ; je m'occupe de la barge.

— Et moi ? s'inquiéta Sobek.

— Toi et ton babouin, vous assurez nos arrières ; nous éliminons les sentinelles et nous recherchons le repaire de Kalash. S'il nous échappe, vous l'interceptez.

Douty acquiesça, son chef l'imita.

— Ce sera chaud, redouta le chef de la police.

— Tant mieux, estima Routy, la température fraîchit ; pas de quartier, je suppose ?

— Seul Kalash doit rester à peu près vivant.

Les membres du commando joignirent leurs mains. La partie n'était pas gagnée ; ils ne reviendraient peut-être pas tous de cette expédition à haut risque, mais leur engagement au service de leur pays était total, et ils avaient pleinement conscience de l'importance de leur mission.

— Je me réjouis déjà du banquet de victoire, annonça Ched ; on videra un nombre record de jarres.

Assis et concentré, le babouin ne démentit pas.

*

Aucune des sentinelles ne sentit venir le danger ; Ched et ses compagnons les éliminèrent une à une, sans troubler le calme de la nuit. Le chemin menant à leurs objectifs respectifs était dégagé. Certains de la qualité du renseignement obtenu, les quatre camarades ne doutaient pas de leur succès.

Deux Syriens gardaient la poupe du pinardier ; leur saisissant les oreilles, Némo frappa violemment les crânes l'un contre l'autre. Alors que les bonshommes s'effondraient, un troisième vola à leur secours en brandissant un couteau. Le poing tendu de Némo le bloqua net ; le nez brisé, l'agresseur s'évanouit.

Routy ne rencontra pas de difficultés aux abords du céréalier dont la coque exigeait une sérieuse réparation ; aussi rejoignit-il Ougès, lequel terminait d'assommer un barbu et s'apprêtait à percuter son collègue. Vu la rapidité de son intervention, l'ennemi n'avait pas eu le loisir de donner l'alerte.

Ched, lui, découvrait un vrai dispositif de défense autour de la barge : une dizaine d'hommes armés et vigilants. Impossible d'intervenir seul.

Le Sauveur battit en retraite, de façon à établir une jonction avec ses trois compagnons.

— C'est propre et en ordre, murmura Routy.

— Le nid de guêpes se trouve ici, précisa Ched. Cette barge est en parfait état ; en cas de danger, Kalash a prévu de s'enfuir par le fleuve. Et le comité d'accueil est drôlement fourni !

— Ça t'inquiète ? demanda Némo.

— Le docker, le Syrien et le costaud.

— Une gourmandise, estima Ougès.

— Attaque massive ? suggéra Routy.

— On observe et on se répartit les rôles, préconisa Ched ; quand vous vous sentirez prêts, on fonce.

Concentrés, les quatre compagnons repérèrent leurs proies et les choisirent ; d'un signe de la main, le Sauveur lança l'assaut.

Routy fut le plus rapide et sa fureur se déchaîna ; comme les Syriens se ruaient sur lui, Ougès se chargea de cinq d'entre eux et Némo fracassa la nuque de deux tordus, pendant que Ched se frayait un passage vers la cabine de la barge.

Une épée courte le rata de peu ; excédé, le Sauveur agrippa les chevilles du Syrien, le souleva et l'expédia au visage de complices accourus à la rescousse.

Les battoirs d'Ougès frappaient et frappaient encore, Némo achevait un vicieux, Routy se calmait après avoir défoncé le thorax du dernier obstiné.

— Terrain dégagé, constata-t-il.

Restait à ouvrir la porte de la cabine.

— On enfonce ? proposa Némo.

Tel un chien de chasse, le Sauveur huma l'air.

— Un instant… Le terrain n'est pas complètement dégagé.

Se tournant en direction du quai, il aperçut une silhouette sortir de l'eau.

— Ougès et Routy, en faction ; Némo et moi, on intercepte celui-là et ses éventuels acolytes.

Rapides et silencieux, les deux compagnons plaquèrent au sol l'imprudent qui manquait de vigilance. Ched retint le bras de Némo.

— Toi… Impossible ! s'étonna le Sauveur ; Setna, c'est toi, c'est bien toi ?

Le jeune homme reprit son souffle et se redressa.

— Tu es trempé ! D'où viens-tu ?

— De loin, de très loin… J'ai été contraint de nager pour éviter un barrage de navires dont j'ignorais l'appartenance ; le premier quai était celui du chantier naval.

— Tu es vivant, vraiment vivant !

Les deux amis s'étreignirent.

— Sékhet ? questionna le scribe, angoissé.

— Rassure-toi, elle est en sécurité au temple de

252

la déesse-Lionne ; et nous, nous sommes sur le point d'arrêter Kalash et, peut-être, de trouver enfin la piste menant au vase scellé d'Osiris. Demeure derrière nous, tout danger n'est pas écarté.

Ougès et Routy saluèrent le prince, heureux de le revoir sain et sauf, mais l'heure n'était pas aux politesses.

— Alors, on enfonce ? réitéra Némo.

Ched acquiesça, et la porte, pourtant solide, n'offrit qu'une faible résistance.

Tassé contre le mur du fond, un Syrien barbichu, le regard affolé. Les membres du commando sourirent.

— Notre ami Kalash, je présume ? avança le Sauveur. Mauvaise nouvelle : ta garde rapprochée a été éliminée. Il vaudrait mieux te montrer coopératif et nous aider à démanteler ton réseau.

— Je peux l'encourager, affirma Ougès, gravement brûlé lors d'un traquenard tendu par le Syrien, et légèrement rancunier.

— Tu auras la priorité, promit Ched.

Dans la cabine, une natte, des coussins et un meuble qui attira les regards, tant sa facture était remarquable. Un coffre d'une belle hauteur, décoré de palmettes syriennes et pourvu de trois solides verrous.

Et l'espoir fut partagé : la cachette du vase d'Osiris ?

Ched réagit en bon soldat.

— Routy, va chercher le général Ramésou ; il doit assister à l'ouverture de ce coffre.

*

Dissimulé sous des couvertures, le dernier garde de la barge sortit de son abri ; armé d'un couteau, il observa la scène. Avant de s'enfuir, il frapperait dans le dos un homme jeune qui se tenait en retrait, puis détalerait jusqu'aux faubourgs de Memphis afin d'alerter le réseau.

Il rampa, se releva brusquement et brandit son arme.

À l'instant où la lame allait perforer les reins de Setna, les crocs du babouin Douty, auteur d'un bond remarquable, transpercèrent la gorge de l'agresseur.

Sobek accourait.

— Il a désobéi aux ordres ! se plaignit le chef de la police.

— Heureusement, constata le Sauveur ; sans l'intervention de ton adjoint, le prince Setna serait mort. Douty mérite d'être décoré.

Assis sur le cadavre, le babouin était d'un calme parfait.

Routy et le général arrivaient ; Némo achevait d'inspecter la barge. Pas d'autre planqué.

Ramésou se figea, bouche bée.

— Setna, vivant... Je ne l'imaginais pas ! Comment...

— Nous parlerons plus tard ; l'urgence consiste à ouvrir ce coffre.

Némo s'avança.

— Pas toi, intervint Ched ; lui, dit-il en désignant Kalash. Ce pourri n'est-il pas un spécialiste des pièges ? Exécution !

Le Syrien ne se fit pas prier.

Un à un, les trois verrous cédèrent, et la porte du coffre s'entrouvrit. À l'intérieur, des sachets contenant des pierres semi-précieuses. Une fortune destinée au développement du réseau terroriste.

— Kalash n'est pas le mage qui détient le trésor

suprême, conclut Setna, alors que Ramésou peinait à dissimuler son dépit.

— Il a beaucoup à nous dire, indiqua le Sauveur, et nous conduira à son patron.

*

Grâce au bracelet du général Ramésou, Kékou avait assisté à la déconvenue de ses adversaires et partit d'un formidable éclat de rire. Il règlerait rapidement le cas Kalash et n'avait pas d'inquiétude concernant l'expansion de son armée de l'ombre.

En revanche, la réapparition de Setna était un sérieux problème. Un adversaire à la mesure du mage, un ennemi courageux et déterminé qu'il n'avait pas encore réussi à détruire et dont l'âme, nourrie des formules du *Livre de Thot*, restait intacte.

Le scribe avait des faiblesses, comme son amour pour Sékhet ; tandis que ses alliés s'apprêtaient à interroger le Syrien, lui courait rejoindre la jeune femme, croyant à la fin d'une longue séparation et à des retrouvailles passionnées.

Setna se trompait lourdement. L'intervention du mage noir ruinerait tous ses espoirs.

Références des illustrations :

Pages 9, 15 et 29 : Norman de Garis Davies, Nina M. Davies (Cummings), *The tomb of Nefer-Hotep at Thebes*, Metropolitan museum of Art, Egyptian expedition, Arno Press, New York, 1933.

Pages 22, 64, 79, et 167 : *Le livre de sortir au jour*, in Edouard Henri Naville, *Das aegyptische Todtenbuch*, Verlag Von A. Esches, Berlin, 1886.

Pages 28, 42, 43, 56, 57, 71, 101, 108, 114, 120, 142, 180, 187, 201, 209, 216, 231 et 239 : Jean-François Champollion, *Monuments de l'Égypte et de la Nubie d'après les dessins exécutés sur les lieux sous la direction de Champollion le jeune et les descriptions autographes qu'il a rédigées,* Firmin Didot frères, Paris, 1835-1845.

Page 93 : Norman de Garis Davies, *The tomb of Rekhmirê at Thebes,* Metropolitan museum of Art, Egyptian expedition, Arno Press, New York, 1943.

Page 223 : Ippolito Rosellini, *I monumenti dell'Egitto e della Nubia*, Presso N. Capurro ec., Pisa, 1832-1844.

L'ascension du Fils de la lumière.

Christian JACQ
RAMSÈS - TOME 1

Le destin du fils d'un roi n'est jamais tracé d'avance.
Pour accéder au trône, le jeune et brillant Ramsès
devra surmonter les pièges que lui tend son frère
aîné et déjouer les conspirations de ses ennemis.
Grâce à Ameni, le scribe, Sétaou, le charmeur de
serpents, et Moïse, son condisciple hébreu, Ramsès
gagne peu à peu la confiance de son père et révèle
l'étoffe d'un grand pharaon.

**Toute la série *Ramsès*
est disponible chez Pocket**

Retrouvez toute l'actualité de Pocket sur :
www.pocket.fr

POCKET N° 15971

L'incroyable destin de la plus célèbre des reines d'Égypte.

Christian JACQ
NÉFERTITI,
L'OMBRE DU SOLEIL

Existe-t-il une histoire d'amour plus extraordinaire que celle de Néfertiti et Akhenaton ? Leur union, à la fois passionnelle et mystique, va changer le cours de l'Histoire...

Grâce aux dernières découvertes archéologiques, Christian Jacq nous emmène sur les traces d'une femme d'exception devenue reine d'Égypte, une beauté légendaire qui, malgré les intrigues qu'elle dut affronter sa vie durant, parvint à inscrire son nom dans l'éternité.

Retrouvez toute l'actualité de Pocket sur :
www.pocket.fr

Composition et mise en pages
Nord Compo à Villeneuve-d'Ascq

Imprimé en France par **CPI**
en juin 2016
N° d'impression : 3017564

POCKET - 12, avenue d'Italie - 75627 Paris Cedex 13

Dépôt légal : juin 2016
S26252/01